河岸花園了

林宜澐

目錄

拂面

傍晚六點之後陸續有人來。天漸暗，從市場這邊看過去，屋子裡的燈光在窗戶上漫出一塊塊暈黃，秋涼的天氣有了點暖意。三層樓建築氣質典雅，連同室內裝潢花了兩年時間才蓋好。內有電梯，一方面顧及老來舉步維艱，一方面算是豪宅宣示，誰家電梯長在屋子裡的？

阿育跟他老婆第一個到。車子沒停正。江聲坐在二樓書房大落地窗前，居高臨下看那輛車前進後退磨蹭半天。勉強停進車格後，夫妻倆下車從馬路對邊牽著手走過來。江聲站起，拉上窗簾，到樓下開門迎客。

人陸續來。沒多久大人小孩散布一樓各處。有看電視的，有聊天的，有在廚房切水果的，也有幾個小朋友嘻笑追逐跑來跑去。房子占地寬，不覺得擠。

「房子好舒適！」冬瓜他老婆衷心讚歎。

「養老院。不過就是養老院。」江聲淡淡地笑。富而好禮。

「有麻將間喔。電動麻將桌……」冬瓜把頭傾到老婆耳邊說。

江聲大笑：「打麻將可以預防老年癡呆。大家多來玩，我常一缺三。」

一片轟隆隆笑聲。

全部人到齊。這同學會聯繫了有沒有一年？大家散居兩岸，要湊在一起並不容易。召集人偉哥鍥而不捨，硬是用伊媚兒電子信把大家兜在一塊。

「幾個在大陸？」江聲班長問。好幾個人此起彼落舉手。

阿宗斜躺在沙發上，拿手指點了幾下。

「五個……一個個腦滿腸肥。都是夜夜抱錢睡覺的男人。」

「望之不似人夫。」有人說。

「此之謂大丈夫。」

又是一片轟隆笑聲。

蕭邦音樂在客廳飄浮。聲音細小只當背景，沒人在聽。CD女兒買的，她喜歡揶揄老爸：「爸，蕭邦消銅臭。」怎麼？把蕭邦當十八銅人行氣散啦？用來改變體質的嗎？不過女兒不久前放了一段youtube上的片子給他看，還挺動人。一個法國的假聲男高音唱維瓦第。唱得深情款款。他不知道爲什麼竟想到了年輕時的碧潭：他在岸邊，仰望高高在上的吊橋，以及吊橋後方一大片寬闊到近乎無限的天空。剎那間差點掉淚。他相信自己是喜歡音樂的，喜歡那些很自由的音樂。

張偉正在大談天山雪蓮。他在大陸做生物科技，聽起來會大發的樣子，雖然年紀都那麼老了。

「天山雪蓮是啥東西啊？」阿莫問。

「『啥』字不要捲舌。」欽仔說。「捲舌會傷扁桃腺。你聽高凌風唱歌一律不捲舌，唱得多好。總有一天我要發起不捲舌運動。」

「鬼扯。」有人說。

欽仔聽了大笑，把阿莫的話再說一遍：「天山雪蓮是啥東西啊？」

硬是把「啥」字捲得比阿莫還重。

「那東西延年益壽，非等閒之物啊。老共管制得死緊。沒有三兩三，別想上天山。」

欽仔自問自答補述一番。張偉倒是沒再說話。

「跟仙桃一樣，要用偷的。」張國強突然加入話局。他的名字小時候都被跟張國周強胃散連在一起，講得好像那家藥廠是他們家開的。

「張偉不必偷啦。他用搶的。開什麼玩笑！張偉在那邊是怎樣的身分地位？他上達天聽，四檔直上中南海。」

舉座誇張地做嘩然狀。這年頭好像在對岸吃得開更珍貴。

一張黝黑的臉孔悄悄進入客廳，神情生澀地跟座上每一位女士先生點頭。臉上僅有的一絲笑意纖細如髮。

「瑪莉亞妳好。」有人跟她熟，與她打招呼。大概常來江家方城夜戰，喝瑪莉亞泡的烏龍茶喝到跟人家熟的。

瑪莉亞沒多說話，逕自走到江聲旁邊咕嚕了一兩句。江聲起立，也沒跟同學們交待便往一樓臥房走。

房間裡明亮如晝。老太太平常就喜歡這樣，燈開著，電視開著，熱熱鬧鬧像在等大家回來過年。去年開始她已無法久坐，便整天在房裡躺，聽連續劇或搞笑的綜藝節目，邊聽邊睡，瑪莉亞陪著聽，陪著看，看到國語大躍進，甚至台語也能在買菜時講上幾句。

老太太看起來還好。睡著了，呼吸還算均勻。「剛剛很可怕。」瑪莉亞說。「呼吸很大力。……這樣……」瑪莉亞大幅度喘息了幾下，年輕的胸部如波濤般起伏。江聲手扶了扶眼鏡，若有所思，停了半晌後說：「妳看著阿嬤，有問題跟我說。」再走到床邊，整個人湊到老太太臉旁，湊得很近，像孩童時讓媽媽抱著那樣的距離。

瞬間有個模糊的影子在腦裡閃過。一個豐腴的女體倉皇擺動，想躲又無處躲，水氣氤氳，一間小小的浴室，幼年江聲依媽媽隔門傳來的指令，要遞一塊肥皂進去，門一拉，便聽到媽急著要阻擋的聲音：「哎哎哎……」然後是一陣歡愉的笑聲。那笑聲在江聲腦中縈迴多年，聲音蓋過影像，他只記得後面的哈哈哈。

回到客廳，同學紛紛關心問話。

「你媽還好嗎？」有人知道那臥室裡是江聲的媽。

「還好。剛剛大概是做惡夢。喘不過來，把瑪莉亞嚇死了。」

「我最近也常做惡夢。」

「褪黑激素降低，睡不著。一睡著就惡夢連連，半夜麻麻哮，拉青屎。」

「趕快打0800-092-000。」

幾個人開始言不及義了起來。

餐桌那邊大嫂團已準備妥當，江聲老婆以女主人身分高喊開飯。眾人往飯廳移。幾個已當阿公的同學帶來的小孫子早玩成一團，捨不得上桌。

江聲想到死亡。死亡如風，迎面拂來。

很年輕時的某一個夏天深夜，他在海岸路騎摩托車，一個年輕女人站路邊揮手攔人，江聲停下來載她。女人跨上車後將他攔腰緊緊抱住，說快走。車子走沒多久，才開始覺得不對，左右已圍過來六七輛飛車黨的車。江聲停下來，一個比較年長的走近，笑一笑就給了一個惡狠狠的耳光，旁邊另一個穿皮衣的矮個兒亮出一把刀抵住他腰間。半夜十二點多，幽黑的海岸路上闃寂無人，他以爲他將死去。但是沒有，幾分鐘後，年長那位在江聲耳邊輕輕地說：「今天心情還不錯。走吧。」他顫抖著將摩托車騎走，海風迎面而來，江聲覺得那裡面盡是死亡的氣味。

有許多想像不到的氣味是聞得到的。愛的味道。孤獨的味道。死亡的味道。

人太多，餐桌坐不下，有人坐，有人站，有人端了一碗米粉便躲到邊邊的樓梯間吃，也有人盛了竹筍排骨湯到落地窗外面的日式庭園裡用，一夥人星羅棋佈的樣子像室內野餐。

江聲一臉欣慰。安得廣廈千萬間，大庇天下寒士俱歡顏。好房子一間就夠，不必千萬間。也不須是寒士，同學們願意來，大家一起吃飯、講話。言談間往事歷歷如繪，人生的各種興味臨老猶有餘甘，這樣活著，沒得挑啦。

蔡燕萍說：「自然就是美。」

他喝了兩杯紅酒，一點點酒精讓他舒服，太多不行。爲了公司，他曾經在好幾次與高幹們的酒宴中以爲自己會醉死在北京或南京。現在不用了，可以不用那樣喝了。公司壯大了。錢賺很多了。他想回到故鄉，像電影《全面啓動》裡演的，進入到一層又一層的夢裡，來到一個陌生城市的街道，看見全新的世界。

可是人畢竟有限。人不會飛，卻會死。美夢未必能成眞。

臥室裡好像有一些聲響，桌椅移動的聲音。沒有人注意到這件事。江聲放下手中高腳杯，站起來往臥室走。媽怎麼了嗎？他覺得那聲音的背後似乎牽引著某件事，就像地震來臨之前的地鳴，輕輕的鳴聲之後往往伴隨巨大無比的晃搖。

聲音越來越清楚。瑪莉亞碰倒了媽床邊的那個衣架？隨後是一個杯子摔破在地上的碎裂聲。江聲腳步加快，差點撞到華仔那個走路還搖搖晃晃的金孫。沒人注意到他正焦急地往房間走。有太多事情在無人注意的情形下發生，我們對周遭情境的知識渺小得恐怕比不過一隻蟑螂。

他感覺到瑪莉亞正要開門，裡面一定發生了什麼事，瑪莉亞急著要出來。這兩年多來瑪莉亞把媽照顧得很好，她有力的臂膀幫了媽很大的忙。可她其實膽小，隨便一點風吹草動都讓她驚慌失措。

江聲離門口還好幾步，門開了，瑪莉亞的身子閃出來，她快步跑出，很壓抑地沒發出聲音，抿著的嘴唇中漾著一點哭泣的感覺，眼神極度害怕，正好與趨前的江聲對上。江聲看著她，覺得一陣風迎面而來，他立刻知道，媽走了，在外頭一片熱鬧的談笑聲中走了。江聲沒問瑪莉亞話，他繞過她，兩大步走上前，推門進房，看見媽安靜躺著，窗簾被風掀起小小一角，衣架橫躺在地上，幾片破碎的玻璃泛著昏黃燈光，夜在無聲的時間中持續前行，一切彷彿沒發生，卻又像什麼都發生過了。江聲坐下來，讓不斷擁入的、涼涼的淡淡的秋風，如死亡般輕拂他已然疲憊的臉龐。

女高音與杜鵑花

甄蓮一臉濃妝像帶了面具，她走進來時其實大家都嚇一大跳。沒人會那樣化妝的，就算娶媳婦大宴賓客，班上這些五十好幾的女同學，也頂多撲點粉，上點口紅。甄蓮那樣的妝半夜會嚇死人。

老莫笑笑喝了一口茶，跟一旁的阿基說：「電視台都這樣，上回我看胡瓜來花蓮錄影，臉上也塗了厚厚一層像牆壁。」「看習慣就好。」

他兩個人講話時甄蓮坐在另外一桌聽不到，她正俯下身子逗金鶯的孫子玩，金鶯兩年前升格當阿嬤，贏得大家贊助的「全班第一個阿嬤」獎金六千六百元。兩歲孫子看著甄蓮的濃妝有點怕，身體不斷往後傾。甄蓮不只樣子嚇他，香水味好像也讓人家很困擾，小鼻頭微微抽搐，眼看要朝甄蓮的臉上打噴嚏。金鶯趁機將孫子往後拉，很細心地避免萬一鼻涕噴到甄蓮身上，但更多的心思大概是將孫子跟甄蓮的濃妝拉出一個適當的距離。

女人身上的味道不是都那麼好聞。迄今未婚的明正就好幾次皺眉頭跟知己好友說：「你不覺得女人身上都有一種味道嗎？」這話在同學間傳來傳去變名言，不輸「牛肉在哪裡？」

甄蓮年輕時不化妝是另一種味道，「綠野香波」洗髮精的青草香常伴著她四處飄散。高中畢業第二年她拿下華視歌唱比賽冠軍，大家都以爲同學中要出一位大歌星了。聽說她在台北機會好極，因爲認識一位東北籍立委的女兒，她的凌雲四村軍眷背景頗惹立委老先生愛憐，而使她比一般新進歌手有更多在電視上曝光的機會。可幾年下來並不如意，一年老過一年之後，她漸漸失去獨挑大樑的機會。但她還眞是能唱，也因此搭上綜藝精緻化的時代列車，甄蓮這種有好歌喉的女歌手便當上了合音天使。

阿基一回到了台北打電話給她，房東太太用有點驕傲的口氣說：「她不在，錄『翠笛銀箏』去了。」翠笛銀箏崔苔菁主持，紅遍半邊天，甄蓮常站在費玉清後面當合音，在節目裡露臉。

更多年過去之後連合音也不唱了。在同學會出現的次數越來越少，後來就不知所終，今天抹了一臉濃妝來，大家著實都嚇了一跳。

老莫忍不住又跟阿基說，他看甄蓮這副模樣有點感傷。「她又沒欠你錢，你感傷什麼？」這阿基式的無厘頭笑話沒堵住老莫的嘴，老莫說：「上個月我在太魯閣號看到鄭素秋……」

「退休了嗎？很久沒看她來同學會。」

「她跟我同一個車廂，我上廁所時看她坐在椅子上睡著了……半躺著，頭偏向一邊……」

阿基覺得老莫就要講一件悲傷的事。

「頭偏向一邊，頭髮散開，臉部肌肉鬆弛，半躺著……」

「我閉上眼睛走過她那排椅子……」停了半晌，幽幽吐了一句：「天哪！她怎麼那麼老！」

「不老就變妖怪了。」阿基說。隔了數秒，又再補一句：「這跟甄蓮有什麼關係？」

甄蓮的臉龐這時離開金鶯的孫子往老莫這邊看過來，兩人對望了一眼。

「嗨！甄蓮，妳好多年沒來了。」

「欠你錢不敢來啊。」甄蓮拉高了點音量。欠錢不敢來的話大家都聽到，引起阿珠那頭幾個人嗤嗤哈哈笑了許多聲。大家以為甄蓮開玩笑，老莫也跟在笑聲中胡亂回應：

「欸！給大歌星欠錢眞是驕傲啊。」怎麼就那麼巧，剛剛阿基不才說：「她又沒欠你錢，你感傷什麼？」

很多年前的一個半夜甄蓮打電話來，聲音幽微得像來自冥王星。

「老莫，我告訴你。我欠的每一分錢……一定都…還得…乾乾…淨淨…」聽起來是喝了酒。老莫看了一下身旁熟睡的妻，繼續聽她講。

「你也喜歡聽歌嘛，是吧？跟我爸一樣……我爸就是跟我妹不對盤……不對盤也就算了…還犯沖…牛頭不對馬嘴……她跟我爸摳了幾十萬……我的苦誰知道？……現在好，沒節目了，沒唱頭了……這世界變了……」咿咿喔喔像蚯蚓鑽來鑽去。

然後才言歸正傳，要借兩萬。

這種額度的錢最讓人爲難，要說沒有實在說不出口，但借出去大概只能有去無回。借不借端看有沒有愛心。

年輕時像甄蓮這種美人胚子應該很多人對她很有愛心吧。但她當年教堂上得很勤，去溫習功課、去彈風琴、去聽道理，有時一日數回，老是把上帝耶穌掛在嘴邊，也就沒聽過有哪位男生吃了熊心豹子膽去追她。

老莫有一次聽她正經八百地比著身邊的位置，說：「這是留給祂的。」甄蓮說的是耶穌，她要嫁給耶穌，這聽起來是一個不像笑話的笑話，可甄蓮言之鑿鑿，貞定從容，旁邊一干子同學想笑都不敢笑。

耶穌論把東海岸花蓮的高中生全擋在高牆外。這輩子好像沒聽過她談戀愛，還眞皈依了主嗎？哎，眞是！這種能歌善舞儀態萬千的美女怎麼就缺了一大塊人生經驗。

秀琴這時走過來，拿了一個酒杯站到老莫身邊，手臂很自然就垂到他肩上，把人家肩膀當吧檯用。小時候秀琴愛老莫就跟老鼠愛大米一樣眾所周知，兩個人隱隱約約似乎也走過一段，不管如何，後來各自嫁娶的反正就不是對方。秀琴嫁了醫生，過得並不快樂，常在同學聚餐時半開玩笑說當年該嫁老莫，老莫倒沒這樣想，幾次聽她說得頗尷尬。

秀琴趁著幾分酒意又來示愛了，她拿著酒杯面對一桌老同學：「我跟你們說，我從小就想嫁他啦。」可這梗實在講過八百次太老了，沒人有特殊反應，大家只把微笑掛在臉上以示聽見了。隔了一會兒，阿基忍不住說：「好啦好啦。現在新郎新娘跟大家敬酒。」大家聞言紛紛舉起酒杯胡亂起鬨，這才終結掉秀琴的不知所云。

就是有人可以一輩子把自己固定在一個乾乾扁扁的記憶之中，把三十公斤時的記憶帶到七十公斤時的腦袋瓜裡，管它物換星移，人事已非，現實中的各種關係都已扭曲變形，他（她）小小的記憶永遠金剛護體，不爲所動。這以不變應萬變難不成就是永恆愛情的眞諦？

許多事情不變就是好。老莫心想，如果甄蓮不是像今天這樣一臉濃妝，而是跟當年一樣清純，世界會不會因此變得更好一些？

甄蓮在聲音還很清亮的時候喜歡唱一些中國風的民歌，白衣黑裙往窗邊一站，活脫就是鄭愁予「我打江南走過……」的歌姬魅影。老莫一次看她在迎新晚會上唱「踏雪尋梅」，唱到「好花採得瓶供養，伴我書聲琴韻，共度好時光」時，心神如海浪般盪漾。他想到和藹的李曉她媽，一個從江蘇一路逃難到花蓮落腳，在明義國小教書的老師，想到她的年輕歲月，想到每個美麗女人的年輕時光，想到人的命運，想到韶光易逝，想到美麗與哀愁的糾纏，想到何其飄忽的生命。

有人說想聽甄蓮唱歌。

「哎喲，別開玩笑了。這把年紀唱什麼歌啊！聽東東唱，聽東東唱小甜甜。」東東偎在阿嬤懷裡，兩顆大眼睛瞪著甄蓮看。

阿基聽了說：「今夕何夕啊？還小甜甜哩。小蓮蓮，國父都推翻滿清囉。」老莫聽了大笑，笑聲中不忘讚美甄蓮的唱功：「甄蓮以前唱〈杜鵑花〉天下第一，無人可比。」

甄蓮眼神頓了一下，看著老莫半晌沒講話，像幅油畫般掛著。老莫觸動了她心裡的一點什麼東西。

她說：「這歌好。我以前跟佩文老師學唱，就從這首開始。」她隨後就輕輕哼了起來。「淡淡的三月天，杜鵑花開在山坡上，杜鵑花開在小溪旁，多美麗啊……啊……啊啊啊……」那「啊」字一個音一個音輕輕點。輕盈靈巧得像要飛了起來。

那飽滿豐富的聲音還在，還好聽得很，還沒那麼人老珠黃，秀琴忍不住讚歎：「哇，偶像！」幾個聲音在旁邊催促：「整首唱完吧。」「幫大家變化氣質吧。」也有人跟著唱，氣氛嗡嗡嗡變得有點熱鬧，一首老掉牙的歌貫穿眾人記憶，都拉回到小學時候的音樂課去了。

甄蓮還眞的就站起來，一副準備要大開金嗓的模樣，阿基帶頭拍手，隨後一片掌聲響起，演唱會似的。甄蓮輕輕鞠了一個躬，兩隻手掌微扣落在小腹旁，眞有演唱家的優雅模樣。

就臉上那妝……，老莫心裡嘀咕著。唉！若像平劇那樣畫個臉譜倒也罷了，擺明是象徵，跟底下那個人暫時抽離，演戲嘛，一碼歸一碼。可甄蓮那妝是她生命的延伸，是她的選擇，她的命。

甄蓮開始唱了：「淡淡的三月天，杜鵑花開在山坡上，杜鵑花開在小溪畔，多美麗啊……摘枝杜鵑花插在頭髮上……杜鵑花謝了又開啊……哥哥你打勝仗回來，我把杜鵑花插在你的胸前……像村家的小姑娘，像村家的小姑娘，啊！啊！」

美妙聲音滑過每個人身上，大家看著她，比上音樂課還專注。

就唱到最後拉上去的那個「啊」音時，老莫忽然覺得身子微微晃動了起來，怎麼啦？一秒鐘之後他意識到地震來了，一個非同小可的地震來了。緊接著整棟房子迅即陷入激烈的搖晃中，桌上杯盤乒乓作響，幾道驚慌的尖叫聲纏住甄蓮清亮高揚的歌聲，老莫腦裡閃過要衝到屋外的念頭，就那瞬間他瞥見甄蓮扭曲變形的臉，因爲害怕地震，因爲要用力唱出最後那個高音的「啊」，因爲濃豔到不輸小丑的妝，甄蓮的臉孔變得非常龐大醜陋，老莫心頭一驚，感覺那鬼魅般的面容正迎面撲來，不過他沒躲，就只跟那天在火車上看見鄭素秋一樣，老莫悄悄閉上眼睛，在一片慌亂奪門而出的聲音中呆若木雞地坐著，微笑，剎那間覺得能這樣什麼都不管，已經可以稱之爲幸福了。

以前的孩子

老莫看到一團影子從窗外閃過。他當下沒搞清楚那是什麼。是狗是貓還是小孩？後來想想，小孩的可能性居多，貓狗的體積沒那麼大。但那團影子竄動得極快，跟飛的一樣，小孩有辦法跑那麼快嗎？

就因爲這件事，他一整個下午都坐在窗邊回憶童年生涯，老莫想還原當時的一些實況：阿比仔丟的球有多快？錦桂那時有多高？但或許是因爲年代過於久遠，腦子裡那些晃動的影像似乎全放在毛玻璃後面，不管是睜眼或閉眼都看不太清楚，所有細節跟芝麻糊一樣糊成一團，但感覺還是有，他老莫當年在某件事情裡頭是愉快的，而在某件事裡頭是罪惡的，這一種感覺還是有的。

小學五、六級左右電視上開始出現兒童節目。之前是廣播電台，白雲阿姨主持《快樂兒童》，開場音樂中帶出來的一片小朋友笑聲他還記得，白雲阿姨講過些什麼倒全忘了。白雲阿姨的講話聲調像阿姨，不像現在的張小燕比孩子更孩子。後來電視上出現上官亮跟小亮哥，亮叔叔喜歡說「統統有獎！」、「鼓勵鼓勵！」，逗得小朋友個個笑得像吃錯藥。

那是個有馬戲團的年代。老莫想。不是像太陽馬戲團那種沒有動物的馬戲團，是聞得到動物氣味，聽得到動物吼聲的馬戲團。學校會找個下午包下整場，把全校小朋友統統帶到裡頭看表演。那時候覺得棚子好高，空中飛人在上面盪來盪去，偶爾失手掉下來，便落到護網上彈跳，上上下下彈了幾次之後回到正常姿態，兩手瀟灑一揮，跟觀眾要掌聲，滿場熱烈回應。

老莫想，那還眞是單純的年代。沒股票，沒政爭，只有像馬戲團那樣的，無需爭辯的歡樂。當時的孩子也一樣那麼單純嗎？剛剛從窗外竄過的那團影子，很像有一回祖亮被追時疾奔而過的身影。老莫想著想，嘴角忍不住露出笑容。誰追祖亮？一個長得十分壯碩的女生，她眞的要打祖亮，祖亮眞的沒命地逃，後來不愼掉到校門口的大水溝中，爬出來時渾身污泥，大家笑得人仰馬翻。

有多少意義隱藏在這一類有笑聲的故事之中？祖亮那樣裹著一身烏黑泥巴爬上來，他會覺得屈辱吧，那樣的屈辱會不會終其一生跟隨著他，使得他日後在好幾次人生的重要選擇時，做了不同方向的決定？

老莫想，或許我的童年充滿著欺騙、虛僞、復仇、壓榨……等等負面的心思，一個人所有可能的壞的本質在童年那段時期也許都已具備，只不過我還自以爲那些壞習性是來自社會的薰染，是社會將原本是善的我的童年，弄成一副面目可憎的模樣。

他瞬間又想到另一個奔竄的身影。一團如火般的火紅影子。小學六年級的某個降旗後的時間，大部分的人走了，他莫小寶因爲想到有個鉛筆盒沒拿又折回教室。這時候發生大地震，老莫才剛走進教室便天搖地動，他愣了半秒鐘，想逃，可有個影子比他快，美慧那天穿了一身大紅的衣服，搶著從老莫身邊掠過，早一步衝到外面操場。老莫明顯感覺到美慧跑過他身邊時推了他一把。

那個推開動作裡潛藏的力道，老莫很多年後在一次街頭抗議活動中也感覺到了。一個卯起來的警察帶著憤怒的眼神將他往警戒線外推。這兩者之間有怎樣的關連性？人類的苦惱來自人的有限。人因爲自身的有限而爭鬥，這點很清楚，這種鬥爭的基因不知道多少萬年前已在人體內形成，沒有一個孩子會是例外。

四十多年後的某一個下午，老莫有了想窺探童年生活另外一面的念頭。他看過湘繡裡有一種雙面繡，一針繡出兩面不同的圖像，一面孔雀，一面老虎，挺讓人驚訝的。

昆德拉小說也常有這種驚訝。原本讓你看著手心，看著看著突然翻過來讓你看手背，說這才是眞的，剛剛看的，統統是假的。

或許我童年所有美好溫馨的記憶統統是假的。老莫想。

因爲，一件事情的意義有很多層，有的隱藏，有的顯現。人往往在不知不覺的狀態下攫取了其中的一層，終其一生視之爲當然，而渾然不知在另一個角落隱藏著一個更強烈、會讓他感覺更眞實的訊息。

譬如說，孩子是極惡的。

有一年春天……老莫坐在窗旁，一邊想著剛剛急竄而過的影子，一邊心裡浮出一個色彩豐富，像雷諾瓦畫作那樣的畫面。有一年春天的一個週末下午，小學一年級的老莫站在徐阿姨的身邊看著她不經意中展露出來的修長大腿，徐阿姨正坐在鏡子前梳妝打扮準備出門，她一回頭看到一百公分的老莫站在一旁，嘴裡直呼好可愛好可愛，便一把將老莫抱到她雪白的腿上，小學一年級的老莫順勢趴到阿姨身上，雙腿緊緊夾著人家的身子，一如他日後在許多女人身上所做出來的模樣。

也許我們都美化了春天。善的春天，無邪的春天，明媚的春天。我們用自以爲的純眞解釋春天的純眞。春夏秋冬不都在同一個地球上嗎？爲什麼春天會特別美善？老莫想，所有邪惡的因子其實早已存在，它春夏秋冬天南地北四處流竄，從我們的童年到我們的死亡。除非我們選擇視而不見，否則我們如何相信人原本就具有獨立自主的善的能力，一如東西方許多哲學大師所一再宣稱，乃至時時耳提面命的那般？善，是誰老是在想像那樣子的善呢？

於是，老莫一整個下午便越來越想著自己小時候的壞了。

一個下午，老師要外出，囑咐當班長的老莫記下不守規矩同學的名字，回來後處罰。老師走後不久，一片鬧哄哄聲中有人抗議：「林春琴也有講話，你爲什麼不記？」那就記吧。他然後低聲跟好友林春琴說：「等一下我會跟老師說妳沒講話。」老師回來後開始要處罰人，林春琴信心滿滿對老師說：「我沒講話，不信你問班長。」老師看看老莫，問：「林春琴有講話嗎？」一秒鐘後，他堅定地點了一個頭，說：「有。」

都快五十年了，他還是忘不掉林春琴噙著淚水到走廊罰站時的模樣。

人間充滿欺騙與背叛。

康德說：你只應當依循那種準則，即，你能同時意願它成爲一個普遍法則那樣的準則，而行動。

說得眞好。老莫想。這種哲學彷彿在摑人耳光，一趟書讀下來滿臉通紅，要不是慚愧得滿臉通紅，就是笑得滿臉通紅。

一次在熙來攘往的龍山寺前，看見一個賣各種大小包包的攤位上豎了一張廣告牌，「原價兩千賣兩百！」一堆人在攤子前面挑，老莫也過去湊熱鬧，心想，眞那麼便宜？可耳邊又不斷聽到小販信誓旦旦：「沒有錯！上面寫的沒有錯！原價兩千賣兩百。」他不久挑了一個喜歡的。才兩百，怎樣都划算。沒想要付錢時，小販眉毛一挑，氣定神閒說：「這個原價兩萬，算你兩千。」也對，他只說兩千賣兩百，倒沒說每個都是兩千。

老莫當場笑得滿臉通紅，邊笑邊把包包放回原位，隨後在廣場響起的台語歌聲中，如一頭蠢豬般離去。

這是黑色幽默嗎？任意的、虛無的、無限誇大的語言與態度，跟一旦死亡之後的自由沒兩樣。多麼逍遙自在的欺騙。

而有另外一種欺騙關乎一種更大的虛無。老莫繼續從幽微的童年記憶聯想到其他。他指的是國家體制所可能遂行的各種不公不義之事。國家體制會因爲一個自以爲終極的虛擬道德（譬如愛國）而做盡壞事。

老莫想到多年前那個已經聽得到蟬鳴的下午，他跟莊在調查局幫一位英文老師辯護，只因有人密告那位年輕熱情的老師在課堂上有不當言論。戒嚴時期諸事敏感，無風也起浪，他跟莊拚命告訴冷峻的調查員，不會啊，老師很好啊，都不會亂講話啊。冷峻的調查員偶爾有冷峻的笑，老莫想，當年那樣的笑背後肯定是一堆盤算，盤算要如何讓眼前這兩個孩子留下不利於老師的證詞，以便將人家羅織入罪。

這跟他當年記下林春琴名字，讓她被罰在走廊站了一節課，有什麼兩樣嗎？

人都是因爲不敢面對自己而說謊。

同樣是在某一個遙遠的下午，小學四年級的老莫因爲喜歡班上一位剛轉學進來的漂亮女生，而以近視爲由，告訴老師想調到較前面的位置坐，老師問他想坐哪？個頭小小的老莫手一指，指向漂亮女生的隔壁。

天黑的時候老莫想，那團飛竄而過的影子或許就是自己的童年：已逝、朦朧、想知道卻可能永遠無法知道那是什麼。

霧中風景

大雨一漫漶開來，整個中山路底靠山那邊便一片朦朧，不只有形的馬路屋舍看不清楚，當下連喜怒哀樂的感覺也難以分辨，那一大片的氤氳霧氣像黑洞，把方圓十里內的東西全吸了進去。老莫開車到了中央路右轉，轉彎時遠遠看到一片暗沉的區塊，三十多年前在那附近一所高中教書的記憶淡淡飄浮出來。是啊！都多少年了？都差一點把阿慶這孩子忘得一乾二淨了。

那是老莫第一次教書，帶了一班夜間部的導師，開學第一天走進教室，他聞到一股濃濃的桀驁不馴的氣味。一個男生翹著腳看他，他笑笑，輕輕地說：「腳放下。坐好。」也說不出什麼道理，他就只想把所有溢到秩序外的雜物，全都放回到秩序內。這樣錯了嗎？老莫邊開車邊想，三十多年前他這樣想錯了嗎？

下課時教官到辦公室找他。拿了一本名冊指著其中阿慶的名字說：「這學生年紀大了點，十九歲，有案底，現在是保護管束中。」從那一刻開始，阿慶這名字變成他隨後一年焦慮的核心。彼時新婚的妻子終日聽他阿慶長阿慶短，老莫像個憂心忡忡的基督教大法師，要把著了魔的阿慶靈魂裡的邪魔驅趕出來。是啊。他阿慶要不是著了魔，怎麼會那麼地頻頻凸槌？在走廊跟同學的一個小擦撞可以演變成瘋狂的毆擊，人家隨便一句無心的話也足以讓他如惡虎般地迎面撲上。這不是中了魔是什麼？

多年後老莫常想，教育比我們所想像的要神祕許多。施教者與受教者之間究竟隱藏了多少被視之爲當然的不合理關係？有多少有形與無形的暴力在體制內被正當化了？施教者如何在不對稱的關係中還有機會與受教者對話？或更根本地看，一個人如何有能力（權力）深入了解另一個人，並進而改變這個人？就像當年亟欲對阿慶施予驅魔大法的老莫。

可老莫煞費苦心的驅魔心願到了學期末還是踢到鐵板，阿慶不學好的問題比他想像的還複雜，期待驅他的魔好像不切實際。那天期末考，夜間的校園幽靜無聲，老莫正站在辦公室前，遠遠看著學生在燈火通明的教室裡振筆疾書。一個矮小的黑影跑步過來，到了老莫跟前停下低聲說：「老師，等一下阿慶考完不要讓他出去，外面有人要堵他。」老莫心一驚，問爲什麼。「他拿人家錢，還嗆要剁人家腳筋。」老莫嘆口氣：「這小子怎麼那麼有本事哪！」

稍早耶誕節時，老莫以爲自己做到了，把那魔給驅趕出去了。因爲他收到阿慶一張寫著歪歪斜斜字體的祝賀卡片，感謝老師，祝福老師，看起來句句都是由衷之言。這豈不就表示最近幾個月的苦心沒有白費？剛開學時，阿慶可是連看都不看他一眼的啊！老莫愉快地將卡片拿給輔導老師阿芳看，阿芳看後淡淡地說：「還早啦。」看來阿芳說得對。別的不說，眼下這校外堵人危機還不知道該怎麼處理。驅魔？八字沒一撇哩。

隨後老莫快步走到教室，將阿慶叫到外面。「考完先留下。外面有人在等你。」阿慶總算是混過江湖，一聽就懂。當下破口大罵一聲「幹」，便往穿堂的公共電話走去。老莫跟著，就想看他打電話跟誰討救兵。月明星稀，烏鵲南飛，他阿慶激動地在電話旁繞了三圈，打了幾通電話，卻找不到一個夠分量的救兵。他找誰呢？老莫多年後還記得當時從阿慶口中說出來的名字（「某某某在嗎？我有急事找……」），包括了當時的國民黨議長和一位民進黨市民代表，外加一個混美崙地區的外省掛。左右共治，藍綠不擋，還眞是交遊廣闊哩。可惜這些大哥要不是去吃喜酒，就是正在洗澡，在那沒有手機的年代，一時之間硬是連個鬼也摳不到。

「到訓導處來。我找教官幫忙。」老莫把阿慶帶到辦公室，邊走邊聽阿慶飆三字經，可他畢竟懍於外頭那群牛鬼蛇神的殺氣，知道這事已不是自己憑一張嘴巴所能解決的。罵歸罵，還是只能乖乖跟著老莫到了訓導處，不敢貿然殺出校門。稍後教官騎了摩托車到外頭沿著中山路偵測了一趟「敵情」，回來後報告情資：「三步一崗，五步一哨，一路上少說五十人，長的短的至少十幾支。」

老莫看著阿慶，把問題丟給他。怎麼樣？要面子就衝出去硬幹啊！這種態勢沒死也半條命。阿慶的眼神茫然、焦慮、尷尬，不斷避開老莫直視著他的眼光。當下老莫覺得對這一個被宣告保護管束的孩子所知有限，什麼是他害怕的？什麼是他渴望的？什麼是他真正知道的？

半小時後，經過教官和老莫的斡旋，外頭那一批跟阿慶年紀差不多的孩子，派了五個代表進來，在老莫和教官的見證下，讓阿慶當場跟他們鞠躬道歉，藉此免掉了一場可能的血光之災。對方走後，阿慶像隻鬥敗的公雞站在已經夜深的辦公室角落。他體會到什麼了嗎？體會到這世界的規則不是由他決定。體會到師長們煞費苦心的關懷。體會到自己一路走得那麼辛苦應該有所改變了嗎？

什麼都沒改變。隨後的日子裡，阿慶持續與同學發生大大小小的衝突，像一顆不定時炸彈，隨時可以炸掉校園的秩序和年輕的老莫對教育的信心。他幾次把阿慶叫到夜間的升旗台上，面對著幽黑空曠的操場，用自認為很江湖的方式跟他聊，聊家庭，聊朋友，聊對未來的夢。阿慶話不多，但有一次聊著聊著，居然告訴老莫他喜歡上一個隔壁班的女生。姓什麼叫什麼都講，很交心的樣子。

這眞是好久以前的事了。老莫在大雨中將車子往七星潭開，他想看海，看大雨中迷濛的海。那種大雨加上大海所堆聚出來的龐大的朦朧感覺，於老莫來說已幾近神聖。他要趁著這雨勢滂沱之際到達那一大片朦朧霧氣的前方，看著它，讓記憶在當下的腦海裡發酵，如聆聽神諭般地專注，以此解謎，參悟一些人做過的一些事，究竟，是什麼意義。

老莫想，我早說過嘛。我們對教育所知道的少之又少。個體進入體制之後究竟發生了怎樣的變化，所有相關的細節我們知道了多少？許多事情一碼歸一碼，像阿慶這種孩子要如何在當時的體制下存活，像自己這樣的菜鳥教師又何德何能可以進入一個已經破碎到不行的心靈，教育他，救贖他？這些可能都只是一廂情願的幻想，阿慶則是這幻想的標的，最終的事實可能是什麼都沒變，他的墮落堅若磐石，任誰都無法擊碎。

到了第二個學期，阿慶還是捲入一場激烈的打鬥中，而被學校開除了。命運像一條河，它要往哪流，任誰都擋不住啊。那天老莫在辦公室改測驗卷，忽然聽見教室那邊傳來一陣桌椅傾倒的乒乓聲，他立刻知道發生了什麼事，阿慶又跟人家打架了。這回不太一樣的是，從聲音聽起來這場架打得不輕，這表示阿慶踢到鐵板，遭到對方反擊了。夜校生龍蛇雜處，不是只有他阿慶混過，一些平常悶不吭聲的學生，白天在外頭有叔叔伯伯當靠山的大有人在。阿慶一向以爲自己是老大，動不動要揍人，這下有人反彈，這教室恐怕已淪爲殺戮戰場了。

教官聽到聲音二話不說便往教室跑，老莫倒忽然有一種沒什麼好急的念頭。急什麼？我就慢慢去處理，讓你阿慶一個人面對自己闖的禍，最好先給打個半死，讓你知道不是只有你有拳頭，人家的拳頭比你還大。這個微妙的想法在老莫腦裡停留了好一下子，隔了半晌，老莫才跟著往教室去，邊走邊聽到玻璃破碎聲、教官制止的吆喝聲、阿慶跟幾個分不清楚是誰的互罵幹譙聲，一些女生的尖叫聲，乒乒乓乓嘩啦嘩啦好不熱鬧。

到了現場看到一片狼藉，桌椅東倒西歪，幾個女生驚魂甫定，一副歷劫歸來的模樣。打架雙方已被隔開，阿慶在一角喘著氣，打架很累的，可不是？跟阿慶幹開的阿富也是打得滿頭大汗，一身強壯的肌肉在緊繃碎裂的衣服底下起起伏伏，像隻憤怒的野獸，一副意猶未盡的神情。

這是阿慶在校期間最後一次打架，因爲他接下來就因爲記過超標而遭退學，從此老莫沒再見過他。聽說他不久後被徵召入伍，還抽到金馬獎，到了金門服役，在那仍處戒嚴的時代，聽說他阿慶居然在戰地金門逃了兵……

這些年來，老莫幾次想到這孩子時，總覺得難以想像他目前的狀況。離開學校後，他要如何孤獨一人在這社會平安地活下來。他那樣的個性能在軍中接受管教嗎？他除了打架什麼都不會，這輩子能做什麼呢？老莫甚至腦裡不時會浮現一個問題：他現在還活著嗎？

在七星潭那一大片海和雨所匯聚出來的朦朧前面，老莫覺得人生還眞是一段又一段的霧中風景啊。

侏儒

老莫在德國杜伊斯堡一個大展場的會場外看過七個侏儒在夕陽餘暉下排成一橫排，手牽著手前進。那樣的畫面讓他想到法斯賓德或荷索的電影：井然有序的表象掩抑不住極其燥亂的內在。瘋狂、任意、追求死。

老莫好奇的是，爲什麼幾個緩步前行的侏儒會讓他有那樣的感覺？是不是自己內在那被某些分類法則制約已久的心靈，到了異域，不期然與分類之外的事物邂逅後，產生了不安？

他當下想拿起相機拍攝，但憚於某種壓力（這是意淫嗎？是侵入嗎？），舉到眼球邊的相機很快便又放了下來。幾分鐘過去，老莫終究沒能記錄下那對他而言幾近奇觀的景象。

他想到一個拍片的朋友。這位朋友在一次拍攝歌仔戲班紀錄片的行程中認識了一位身世可憐的女性侏儒。朋友基於巨大的同情心，不斷地與她談話，試著去了解她。最終甚至因爲憐憫她居無定所，而將她安置在自己並不寬敞的家中。一星期後，全家雞飛狗跳，朋友的妻子揚言和他離婚。「有她就沒有我。」妻子說。怎麼可能沒有妳呢？朋友於是將女性侏儒和她的行李載到一個河濱公園，侏儒下車鞠躬道謝離去，從此不知所終。

這聽起來像七等生小說的情節發生在戒嚴年代的末期。當老莫的朋友講給大家聽時，舉座反應不一，某種不確定的氣氛在大家的頭上飄浮。在這樣的事情裡，你要怪誰或支持誰？一個似乎在日常分類之外的情境忽地掉進現實裡（誰有機會認識一個侏儒並把他帶回家住？），你會怎麼面對？這扯得上同情或愛這一類的觀念嗎？

人類的倫理判斷跟科學實驗一樣，必須先設定好條件。怎樣的條件產生怎樣的結果。溢出範圍就茫然以對或乾脆歸類到怪力亂神。社會上的倫理法則不也一樣？都設定了條件，條件之外的便都成了邊緣人，跟怪力亂神沒兩樣。

老莫想到小鎮故鄉出現過的幾個邊緣人。一個超愛嗅聞汽油味道的孩子，五短身材全身髒兮兮，老莫甚至不太確定那是個孩子或是大人。這傢伙會到商家騎樓下突襲擺在那裡的摩托車，也不是幹什麼壞事，他只是會想盡辦法掀開椅座，找到加油口，旋開，狂吸那濃密的汽油味，一旦被發現喝止便立刻拔腿狂奔，宛如殺了人逃離現場般地驚慌失措。

那是一種怎樣的欲望？該擔負多少的道德譴責？他只是聞味道，又沒偷汽油，不過就是他的喜好難以分類，那令他魂牽夢縈的味道，最密集出現的地方恰好就在騎樓底下那一排的摩托車裡。可那些就不是他的車啊，他於是像個賊，像隻過街老鼠，他不像一些喜歡花香、麵包香的人可以進入社會正常的分類。汽油味不可能是香味，汽油味如果算香味，一定會引起一屋子人哄堂大笑。那種集體的笑聲很可怕，威力不輸炸彈。

小鎮裡還有另外一個常引來訕笑聲的人物，一個每次走在出殯樂隊最前方，拿著一根指揮棒上下搖擺擔任指揮的男子。很多人說他其實不是男人而是陰陽人。當這身分用台語「半公母」表達時，事實上帶有極大的貶意。但老莫印象中那人始終非常認真地對待自己的工作，他在送葬隊伍中神情肅穆，步履端莊，看起來對死者有很高的敬意。可是當一旁的孩子竊竊叫著半公母半公母時，他的認真態度成了一幅荒謬的風景。他跟嗅汽油的小孩一樣，都因難以分類而招來屈辱。

老莫回想自己成長年代的一些情境，他驚覺那個年代沒有細節。沒有細節意味著社會上只有粗糙的分類，每個人都在這些粗糙的分類中被粗糙地對待。升學班與放牛班，國民黨與黨外，廉價的區分無處不在，大家迷迷糊糊地認識世界。就像小時候帶著玩具槍看電影，每當片中好人出現痛擊壞人時，戲院裡便會響起一陣歡呼聲跟槍炮聲。好人永遠是好人，壞人永遠是壞人，那個社會不談細節，不管那裡頭藏了多少魔鬼或天使。

我們只能理解我們分類裡的東西，越出了範圍便不知所措。杜伊斯堡那七個侏儒已經跑到日常經驗的分類之外。老莫想，也難怪自己不安。如果是七個小朋友，他就不會從那樣的畫面聯想到法斯賓德或荷索的電影，這麼躁動，這麼不確定。小孩，尤其是胖嘟嘟的小孩，那種走在夕陽餘暉下的照片肯定可以做成明信片，寄給許許多多的親友，送上祝福。侏儒就不必了。

這個道理康德也講過。他把人類悟性形式分成十二個範疇，放得進來的是人類的知識，放不進來的屬於外太空，是納美人的學問。哎，分析得眞好，這一拆解把人類有限的模樣打出原形，人什麼時候偉大過？人不過是依自己腦裡的架構理解世界，話說上帝依自己的形象造人，其實不如說人依自己的形象造上帝。想改變世界之前要先改變的是自己的腦袋瓜，照康德所謂「哥白尼式革命」的邏輯來看，這個道理應該是很明確的。

是不是一個越文明的社會就該有越精細的分類？老莫想到一個研究A片的朋友一次在一家高朋滿座的星巴克裡跟他大讚日本A片分類之精巧，各種常規與常規之外的性交模式，在細膩的分類中都能得到一個安身立命的所在，得到完整的承認。「這是眞正落實多元化思維的文明表徵」。研究A片的朋友如是說。

哇！A片救世界。眞是教壞大小孩子。老莫知道自己還沒到那麼超凡入聖的境地，他清楚感覺自己靈魂裡有個框架，是那框架讓他看到成排的侏儒時想到法斯賓德跟荷索的電影，而無法愉悅。那東西來自何處？老莫想到的居然是音樂課，小學時一個很兇惡的音樂老師所上的音樂課。

老師以火爆脾氣聞名，他對小六學生有限的音樂才能毫不留情，每一次上課總能在集體的旋律中挑出幾個偏離軌道的聲音。「來，這句，你再唱一次。」他火爆的眼神瞪著某個失誤犯錯的同學，那種凝重的氣氛老莫多年後想起來還會不寒而慄。音樂提供給教育一個框架，越出者受懲。眞善美的教育裡隱藏著隨時對異己者發出攻擊的種子。中國古代禮樂並稱不是沒有道理，能在集體的音樂裡做個好成員，就會在集體的禮教社會裡當個好人民。這道理想起來是不是讓人有點不安？

一些喜歡音樂的人不喜歡這樣的音樂。爵士樂手用跳躍、難以捉摸的節奏與和弦，搖滾樂手用嘶吼吶喊，或者像黃克林那般，用超台超聳的豪華布景和服裝高唱「出殯專用師公歌倒退嚕」，在在都是反叛，都是在分類的地圖上爲自己爭取一塊無法分類的版圖。

所以那七個夕陽下的侏儒或許是個隱喻。老莫想。七個侏儒提醒每個人都應該反省自己的視野：人類社會往往不喜歡看到與自己不相容的人。譬如品味這件事就有強大的排他性，白領看不上藍領，藍領也看不順眼白領，中產階級被批保守，而走在尖端的藝術家則被冠以瘋子之名，大家各自是其所是，非其所非，都用自以爲是的分類準則爲自己築高牆。那七個侏儒又怎麼看待我們呢？

這個世界應該像一座栽種了各種奇花異草的大植物園，無所不包的園區裡有各種獨特的生命。十九世紀英國的皇家園藝學會常派出植物獵人到遠東蒐奇，這些獵人挾著豐富的植物知識，上山下海找出西方沒有的獨特物種，然後千方百計運回去，壯大豐富他們的植物園。

老莫認爲，我們也應該竭盡所能讓各種怪咖存在於我們的社會之中，打從心底如家人般地喜歡他們，這樣，七個侏儒就不會讓他有那種陰森狂亂的感覺，總之，問題在自己，而不在別人。

一整個下午，老莫一直想著那七個侏儒，以及因此引發出來的諸多聯想。漸漸他對記憶中的那個畫面有了熟悉感，甚至是親切感。就像長大後的有一天，他發現自己終於敢打著赤腳站在潮濕的浴室地板上，而不再害怕那種黏膩的感覺，老莫相信他以後也不會再害怕七個侏儒所帶來的感受了。

侏儒

音樂時光

老莫跟坐在旁邊的謙信說：「隔那麼遠，彼此會聽不到。」他指的是接下來要演奏的這首〈*When the saints go marching in*〉，阿條安排了幾個團員到台下觀眾席，要上下夾攻，把一首原本是葬禮音樂的曲子弄得好不熱鬧。可音樂廳太大，就怕這邊低音號聽不準那邊伸縮喇叭的速度，台下豎笛對不到台上小喇叭的節拍。結果還好，阿條教導有方，整個爵士大樂團指揮起來像一輛靈巧的坦克車，活力十足，熱力無限，還眞有紐奧良的味道。

阿條唸藝專音樂科時，老莫常騎摩托車到板橋找他喝啤酒。三十幾年前的事了。當時有一陣子阿條老抱怨他們西樂組必修一樣國樂器，「哎，我的胡琴怎麼比得過那些主修小提琴的。他們第一天抓一抓音階，第二天就拉曲子了。」阿條主修雙簧管，拉胡琴要他的命。老莫靈機一動獻良策：「你不會改學嗩吶？不都是雙簧的？」阿條一聽茅塞頓開，隔天買了一把去上課，後來吹得嚇嚇叫。

老莫的大哥住士林，有間十幾坪的書房裡頭擺了一堆原版唱片，兩個黃澄澄的圓燈從天花板垂下，冬日時，光是氣氛就暖得讓人整天想賴著不走，更別說裡頭寶貝多多。老莫當時垂涎一套匈牙利版的巴爾托克唱片，七張封面分別是巴氏從兒童、青年、壯年到老年的容顏，神采各異讓人愛不釋手。憋了不知多久後，有一天實在忍不住終於跟大哥開口要，他大哥聽了力作鎮定，一秒鐘後氣定神閒地說好。那天老莫在雨中抱著那套唱片搭公車回去，覺得車窗上的每一滴雨珠都可愛得像小粉圓。境由心生，這點唯識論是說得挺對的。他跟很多人說過這件事，把它當神蹟講，包括阿條，聽得他口水直流。是啊，他大哥怎麼捨得呢？匈牙利原版哪！

那時老莫住在齊東街的一間日式屋舍裡，寬敞空間常有同學窩在那裡聊天聽音樂，肚子餓了便到巷口吃麵。麵攤在「華僑俱樂部」的後門邊，有個福州太太在賣福州乾麵跟魚丸湯。老莫多年後常回想起那種腦裡猶存德布西，嘴巴卻又大啖香濃麻醬麵的幸福。台北城能夠留給他的最好記憶，大致都在那種小巷生活所散發的氣息中了。

三十幾年後他坐在音樂廳裡聽阿條一手帶出來的爵士大樂團演奏。阿條出場鞠躬時，眼睛朝他那邊看了一眼。謙信說：「這傢伙老了比較好看。」雖然腦袋瓜已童山濯濯，但態度比年輕時從容許多。他腳跨古典跟爵士兩界，早上在交響樂團任職，下午玩爵士，多年來不改其樂。「不簡單啊。帶這麼一個團跟帶軍隊打仗沒兩樣。」老莫跟謙信說。其實這話拉圖講過，當年他帶了伯明罕一團由天才青少年組成的交響樂團，大概被孩子的活潑震撼到，面對鏡頭苦笑著說了同樣意思的話。帶兵打仗要老謀深算，阿條現在這個樣子有像了。

音樂會全場爵士曲目，但也奏了一兩首像艾爾加威風凜凜進行曲之類的曲子，這讓老莫想到大哥，他大哥生前只聽古典樂，其他音樂碰上好的能喜歡，但不熟，這跟他那間書房的風格吻合。大哥書房的書架上擺了一套葛洛夫音樂百科，木頭地板上隨處散放著Strad雜誌和一些樂譜，轉角處還有個修理小提琴的工作檯，修琴工具跟一些零件胡亂擺在檯面上，很有義大利Cremona某個工作室的模樣。老莫聽他媽說，大哥手巧，從小立志要當木匠，這樣的手用來製琴修琴是適才適所，可惜生在這裡，沒生在義大利，多少被埋沒了。

老莫在阿條的場子裡忽然懷念起逝世已經一整年的大哥。阿條站在台上背對著他，身子微傾，正輕輕鬆鬆帶出〈*Take five*〉。Dave Brubeck。一個孤獨的男人走在一條無人的馬路上，驟雨方歇，清新的空氣中帶著些許青草味。大哥告別式那天，弦樂四重奏奏出〈*Let it be*〉，當年李堅與林昭亮，兩岸音樂家首度聯手演出，安可曲就是這首。放下吧。一切愛恨情愁都放下吧。老莫哭得稀哩嘩啦。俱往矣。一切都放下，都已經如流水般逝去了。

隨著微晃的Brubeck，老莫又想到當年騎摩托車載姿琦，沿著中山北路到大哥家聽音樂的樣子。一路風大，姿琦每回必定死命攔腰將他抱住，整張臉緊貼他的背，小倆口覺得天涯海角去哪裡都可以。多久沒這種感覺了？後來改開車之後就沒那種感覺了。改開車後主副駕駛座一邊一國涇渭分明，小倆口變成一家人，不一樣了。

老莫想：人往往就是需要拒絕改變，把一些好的、感人的全像琥珀那樣緊緊封住，毫不妥協，人才會因此而提昇，而自由。大哥書房就是一座拒絕改變的城堡，他只聽黑膠不聽ＣＤ，只用眞空管不用電晶體，聽的音樂從文藝復興開始，到了二十世紀門口便煞車。他一些朋友迷現代音樂，有調性弄到沒調性，有旋律弄到沒旋律，乒乒乓乓一堆論述。大哥不管，照樣黃昏聽他的布拉姆斯，深夜聽他的蕭邦，日出日落，自然就是美。

阿條的音樂會倒是越走越花稍，中間安排了一個小丑裝扮的角色出場，應是來帶動現場氛圍的。果然一會兒執劍，一會兒耍槍，在音樂進行中忽左忽右跑來跑去，很用心經營舞台效果。老莫看了莞爾，阿條用心良苦，可以按讚。

但他喜歡另一種聽音樂的方法：一回在花蓮文化中心，他因爲認識一個工作人員的朋友，進入了音樂廳裡，聽一位德籍鋼琴家排練，兩個小時的時間裡幾乎就他一個人坐在一千個座位的廳裡，呀！這不就皇帝級的待遇了。

在大哥家聽音樂也不遑多讓，不是皇帝至少是個王侯。大哥家因爲位處拐了兩個彎的一條很深的死巷裡，沒有車會經過，那裡不像許多台北住家終日縈繞著市聲。大哥的書房一安靜下來，有種孤寂的感覺不輸花蓮老家偏遠的海邊。那種孤寂可以品嘗。老莫想。孤寂加音樂，啊，比紅豆加煉乳還入味。

藝術這件事在資本主義市場裡有一種尷尬，它往往會莫名其妙地被捲入市場機制而變得難以辨識。這個領域裡頭永遠有一些人捧著大把鈔票煽風點火，讓審美價值的主軸不斷轉移，跟龍捲風一樣四處肆虐。

老莫閉上眼睛，心想：「事情還是越簡單越好。」簡單才能堅定，堅定方能持久。這時音樂換了一首緩慢的曲子，旋律有點熟，帶了一些日本風格的音階，老莫想不起是什麼曲子，可能跟童年某些經驗的記憶相關。他不想追，這會兒他只想安安靜靜地躺在阿條的音樂裡，跟很多年前在大哥書房聽音樂的情景聯結在一起。安安靜靜？音樂怎麼會是安靜的？可老莫現下就是覺得安靜，薩依德不也說過音樂是沉默的藝術？音樂不需要滔滔雄辯，它只需要一個細緻的靈魂呈現每個音符的細節，音樂當然是很安靜的。

逐漸，老莫忘記旁邊坐著謙信，忘記剛剛走過來時一路上的街景，忘記許多令他心傷或興奮的往事，他甚至忘記自己身處音樂廳，正在聆聽阿條領軍的爵士大樂團演奏這事。老莫的心思來到一個簡單、遙遠、低凝的地方，那裡昏黃的燈光瀰漫四周，壁上掛著幾個輕盈的雕飾，風從半掩的木窗拂入，窗外樹葉微晃的聲音若有似無，淡淡的麵包香氣飄浮在半空中，視野所及盡是樸素的顏色。老莫知道，在他腦海深處，有個地方如是，他永遠無法確定它的眞假，但一旦他以某個自由的方式來到這裡，世上將沒有任何事物可以阻擋他的這種快樂。

今晚，老莫在阿條的音樂會中，在一連串高昂的樂曲裡，發現那個像極了大哥書房的地方。也因此，一個晚上下來，幸福的老莫既享受了音樂，也享受了音樂之外的許多東西。

阿拉貝絲克

那天走過一心街時停下來往裡頭看了好一會兒。快四十年前，這條街靠中正路那邊有家賣芝麻糊的店，香濃的味道方圓一里內都聞得到，教我們班歷史的林老師知道我住附近，有時星期天覺得無聊會跑來找我去吃上一碗。他民國三十八年來台，雖說教歷史，體格卻健壯得像體育老師。老師自稱參加過某一年的奧運選拔，八百公尺可以跑進兩分鐘，「眞的假的？……」班上同學沒人信，這就像他也說他追過紅歌星閻荷婷一樣，都沒人信。那次說閻荷婷的事大家不信，他一激動便跑回宿舍搬了一台手提唱機跟閻荷婷的唱片到教室，放她唱的〈飄零的落花〉還有〈我住長江頭〉。放了半天還是沒人信。聽她的歌跟追她根本是兩回事嘛！

過了一心街往前走到中山路右轉，便隱約看得到海。在離圓環水池不遠處有家幸福牌腳踏車行，從小我媽跟我姐都不時會在閒聊時告訴我，日據時代那棟房子便是我們家。「隔壁是一間食堂。」我媽說。這就是她廚藝無與倫比的一個時代祕密。那時太平洋戰爭還遠在天邊，花蓮港廳的街道還常安靜得像下了工後的無人片廠。她往往沒事揹著我大哥，逛呀逛地便逛到了食堂裡邊串門子，跟日本老闆娘天南地北地胡亂開講。老闆娘看我媽溫柔賢淑年輕好學，忍不住便將畢生絕學傾囊相授，這應該就是我迄今尚未在外面吃過比我家更好吃的茶碗蒸的原因吧。這話「丸八」料理的老師父聽了一定不以為然，不過反正尋找美味說穿了就是尋找媽媽，我的武斷充滿了孝心，理應感人的。

從幸福牌腳踏車行旁邊的一條坡道往上走，一片寬闊的花崗山運動場迎面而來。我人還沒上去，腦子裡便彷彿有悠揚軍樂聲響起。Charles Ives在談到他所受到的音樂影響時往往會特別提到軍樂，我看台灣的作曲家也多少難逃這種亢奮樂種的潛移默化。花崗山當年即是這種音樂的集散地，每逢國家慶典或偉人華誕，「雙鷹」、「雷神」、「星條旗」等進行曲便滿場飛。若是碰上夜間提燈遊行，更是樂聲加火炬加口號，色香味俱全地弄得一干子人不累不歸，然後第二天補假，皆大歡喜。

說起來台灣戰前戰後碰上的都是軍國主義色彩濃厚的政府，國民政府搞這套，日本政府也不遑多讓。我爸就很會用口琴吹日本海軍軍歌，他幹嘛不吹藍調不吹〈南屏晚鐘〉？

唉！不就時代使然？就好像我們不能選擇自己的出身，我們同樣也無法選擇自己的時代，碰上了，時代給你什麼，你我凡夫俗子的肚腸裡就是什麼，要超越，難喔。

用這個角度看事情還滿有意思。不管社會或個人，比如說眼下這個花蓮市街，跟這個遊蕩中的我，其實都是層層交織而成的現象。古典樂曲裡有阿拉貝絲克，Arabesque，一線又一線的旋律交織，如蔓藤花紋般的阿拉伯風格。人生亦然，人生都是阿拉貝絲克。時間會過去，但過去的不會消失，它會一層一層地織進我們生命的肌理裡。有時在街上漫遊，會在恍惚中依稀瞥見一些往昔的影像。剎那之間，你不知何者已逝，何者尙存，甚至，何者是對那還沒來臨的未來的幻想。人至此而豐富美滿，套句當年哲學系胡訓正老師在我十九歲時告訴我的話：「這世界有鬼比較幸福。」世間若眞有鬼，那表示人可以跟老兵一樣不死，只不過會變成鬼，不管你喜不喜歡，那好歹也是一種存在啊。

幾年前日本山形縣一台大花車來花蓮參加花車遊行，我媽知道這事後直說要看，那年她已年近九旬，我不太懂她哪來那麼大興致，竟對這樣的嘉年華感興趣。當晚我們幫她在路邊放了一張椅子，山形縣花車來時，原本靜坐微笑的她竟起身前行，迎向站在花車前的幾位穿著傳統服飾的日本人。他們一見高齡阿嬤駕到，趕緊日式九十度鞠躬趨前握手致意。瞬間我耳際滿是櫻花牌的阿伊屋耶喔，宛如置身東京銀座某個街頭，以爲吾鄉是他鄉。

後來我常想起我媽那個趨前握手的手掌，她到底想hold住什麼呢？一個已經過去卻又尚未過去的時代？她和爸爸和一群從那個遙遠的日語時代活過來的朋友們所熟悉的時代。那個時代在上個世紀四〇年代的某一天被整碗捧走，不見了。語言改變，國家改變，認同改變，當然，一路上的風景也就因此改變了。我曾經在一個窮極無聊的下午，坐在花蓮海邊一家可以吃到魯肉飯的咖啡店裡，望著浩瀚的太平洋幻想，如果一覺醒來，發現人事全非，「國語」已經變成西班牙文，而我一字不識，宛如白癡，任人看輕……，想著想著不禁嚇得渾身顫慄。可再想，這等荒謬的事不就出現在台灣光復之時嗎？誰說是幻想呢？啊！那種失語的苦痛究竟是什麼感覺呢？

司馬遼太郎在《台灣紀行》一書中提到，他曾經在花蓮市中正路的一家榻榻米店遇見一位高齡阿嬤，那位阿嬤說得一口標準的戰前東京日語，大作家一聽之下大吃一驚，不是阿嬤的日語說得太讚，而是裡頭有很多日語用法在當今日本根本沒人這樣講啦。阿嬤吃了時空膠囊，把戰前日語牢牢固定在太平洋邊的美麗花蓮，不像戰後東京，年輕人與年輕的事物與年輕的日語不斷融入社會，不斷改變。阿嬤的阿拉貝絲克編織自己的花紋，儘管那紋路完全脫離了一旁的脈絡，阿嬤自得其樂，也只能自得其樂。

我媽想hold住的，怕就是跟榻榻米店阿嬤一樣，那在現實中被整碗捧走，卻能讓她一輩子在腦海裡自得其樂的記憶吧。無關政治，無關國族，就只是一個卑微的記憶啊。

一切都是多重的編織，沒有單一的意義能夠獨立存在。多重編織造就了像花蓮這樣一個小市鎮的巨大。在一心街看見吃芝麻糊的林老師。在幸福牌腳踏車行看見勤學日本料理的母親。在中華路看見三十年前教過我爸英文的美國黑人博士。在立霧溪河口看見淘洗沙金的葡萄牙人。在花崗山聽見威權時代集會遊行時從喇叭竄出的訓斥聲。在復興街的一個巷子裡看到當年春日通某個來自朝鮮的時髦女子。有人十七世紀便來到了這片蔚藍海岸。有人清朝時跋山涉水到此地屯墾。也有日本女子因爲愛上台灣男人，戰後選擇留下，而有了一群說著台灣國語的子孫。有遠離巴黎東來台灣的傳教士，年紀輕輕便在民國路的教堂許下大願，要把一切奉獻給上帝，終老在這條小小的街路上。

每一個故事的後面都有一個令人驚奇的脈絡，而因著許多我們無法理解的機緣，這些脈絡中的人與事一齊來到了花蓮這個海邊小鎮。他們神奇地混合出小鎮內在龐大的底蘊，有一些爲人所知，有更大的一部分則完全未被察覺。時間一天一天一年一年過去，我們以爲那些在時間巨流中消逝的，會就這樣永遠失去了影蹤，但其實不然，所謂過去的、現在的、未來的，始終以一種我們不知道的方式緊密互動。那豈不就像音樂中多線並行的和聲或對位？這個音符勾住那個音符，這個樂句纏住那個樂句，或發生優雅共鳴，或產出震撼音響，貝多芬《田園》說：「快到我家美麗的田裡來。」喔，那偉大的交響音樂原來就是這樣來的。小鎮如歌，也有交響的本質，一切都在隱默中持續地存在著。

平常日子在花蓮街道中走動，往往半天看不到幾個人。這是小鎮一個迷人的體質，施比受更有福，無比有更豐富。很多道理的確是依循著這個邏輯在影響我們。朋友阿杜前一陣子喜歡到天主教的主教公署找神父，那棟建築所在之處是全花蓮擁有最佳視野的地方，居高臨下可以看整個太平洋。但沿著鐵柵欄門後的小斜坡走上去，看到的卻往往只是深鎖的玻璃門、一隻會偎過來撒嬌的貓、一隻慵懶的狗，還有抬頭便看得見的藍天白雲。神父不在，神父到城裡上班去了。啊你不是去找神父的嗎？我問。阿杜說他前後去了六次，神父沒一次在。不在有什麼關係？我在就好了。他說。他每次一往返，一路上源源不絕的想法和感覺已足夠讓他像風那般地自由愉快。包括想到一些可以和神父討論的哲學問題，或是腦裡揚起如葛利果聖歌那樣迷人的音樂，或是體會到異國語言如法文所帶來的趣味，這些通通在找訪神父的過程中被實踐了。神父是個句號。阿杜說。他在這個句號之前早已爲自己編織了一個繁複的宇宙。句號不在，宇宙仍在。一如我日日凝視著花蓮，看那交織的阿拉貝絲克如繁花盛開，漫天穿梭飛舞，而無所不在。

吉安

M想說的是一個介於想像與眞實之間的市鎭。

他說：「你從中華路二段那個方向像條蟒蛇般滑進來，左邊會看到一個豐田汽車的大看板，右邊是黃昏市場，市場裡終日有大量的食物堆著擺著，食物帶給人希望，它們氤氳出來的幸福氛圍像鍋裡微微起泡的濃湯，香味四溢，讓人承認欲望，享受欲望，而眷愛著世界。」

吉安鄉在花蓮市南方，六十五平方公里，八萬人口，是個地勢開闊的沖積平原，站在鄉市交界的荳蘭橋上看得到遠方的山，鄉境內處處可見綠色稻田，所產的吉野米體型渾圓，夙享盛譽。

「滑動的風景與靜止的風景不同，」M說：「聽過維拉羅伯士的Bachianas嗎？」他將五指併攏，緩慢地比了一個如水波般上下擺動的手勢。川端康成〈睡美人〉裡的江口，用同樣的手勢觸撫沉睡中的裸體少女凹凸有致的臀背。「你得用你的眼神、思緒，與意志，在滑動中與這個小市鎮相遇。」他面露微笑，身體也跟著起伏的手勢微微擺動，像要跳起倫巴舞的模樣。

從加油站旁邊那條小路進去，不久會在左邊看到慶修院，院區裡安靜的空氣記錄了歷史，一百年前日本政府到窮困的四國地區招募一批農民來花蓮開墾，人來神明也來，寺院在嗡嗡的日語頌經聲中落成，以迄於今。現在附近有國小、鄉公所、農業改良場、麵店、租DVD的店，天主堂，複數的歷史在空中交織。

M說：「從慶修院往三十米路走，有個T型路口像一把十字弓般躺在湛藍的天空下，平常只有風與些許車聲，視野寬闊到讓人疲累。很久以前那裡曾經是一片隱蔽的樹林，白天陽光在樹梢間流竄，黃昏時附近住家升起的炊煙會將淡淡的飯香傳到林子裡來，這時樹林還是安靜的，要到夜晚，當夜色比墨汁還黑，路過的人不經意間便會看到有些影子在林子裡晃動。多次之後，那一片樹林便被當成了苦悶愛情的一個幽微出口。」

M跟友人說這些事時，他腦裡想的是葛拉斯的《錫鼓》，被追趕的科爾雅切克鑽到外祖母肥大的裙子底下，而有了接下來一代代神奇的故事。每個鄉野都應該有這一類的逸事，現實太單調，永遠只是從門縫裡看出去的風光。再小的市鎮都要有很多不可思議的故事。

「這裡有很多阿美族的故事，」M說：「聽過阿美族大戰巨人阿里卡該的故事嗎？巨人有多大？他的腳踩進海中，那海水只到腳踝……」M其實是對著一面白色的牆壁說話，那牆上掛了一幅大海的畫，海很藍，純粹是藍藍的大海，沒有巨人，但M說到巨人時卻覺得那海水晃動了一下，彷彿眞有巨人的腳掌涉入水中。

楊牧也寫過，他在西雅圖的海邊將腳放入海水中，感覺到太平洋彼端故鄉花蓮的海水因此上升了幾公分。

愛比死堅強，想像比現實有力。

那又要怎樣看待南華國小旁邊那條幽靜的干城步道？

晨曦微露，人與樹的影子都還是模糊的時候，你從較北的另一端騎腳踏車過來，瞇著眼看到小鎮尙未醒來的模樣，甚至還聞到空氣中有淡淡的臥室裡沉積出來的體味。一切即將重新開始，陽光會越來越明亮，但目前這樣的灰暗很好，天氣陰涼，腳踏車滑過彎曲處時，你整個腦袋彷彿浸泡在某一首緩慢的交響樂中，迷霧般的音樂讓你有點迷失方向，有點遺忘了時間。前方一排黑板樹，高大的樹幹在步道旁矗立，枝葉茂密，身影龐大溫暖，左有庭園房舍，遠方有山巒，不久你停下腳踏車，在舒適的空氣中伸展筋骨，跟家裡那隻黑色獵狐犬一樣，快快樂樂迎接天亮。

這裡曾經是M的祕密。一個天天被他納入私密領域的場所，在吉安鄉某處，人跡罕至，卻饒富生趣。它的本質是什麼？M想，那一帶，那一整片空間，無非就是安靜與簡樸。呼吸、空氣、木窗、乾淨的床、放了幾本書和幾枝筆的書桌、愛情、閱讀與書寫，甚至是紅酒和音樂，都曾經被籠罩在這吉安鄉的這個角落中，這一切完整地形塑了M中年時期的人格與生活。

當然那是一個介於想像與眞實之間的小鎭。

想像需要一種否定的勇氣。就像荀貝格要否定調性，才有辦法想像無調性音樂。達利要否定掉他看到的那個方方正正的鐘，才能想像另一個癱黏在桌沿的軟綿綿的鐘。M想，那我否定掉什麼了嗎？

搬到吉安是M中年一次愉快的遷徙。就跟旅行一樣，所有的遷徙都是某種意義的否定，到鄉下來，便否定了先前住在市區時的浮華風景。近年島內旅遊風氣興盛，搬離市區也意謂著跟如織的遊客說再見，不必再在氣息迥異的人潮之間進出自己家門，這事很讚，是不足爲外人道的那種讚。總之，M對吉安的依戀就從這裡開始了。

想像與現實的交織能輕易促成生活內涵的翻轉，讓黑夜有如白晝般大放光明，而在白天亮麗的陽光中卻又能捕捉到深夜時才會出現的幽微。一切都是因爲M用想像挑戰現實，讓彼此交織、流動，在靜止中看到恆動，在喧囂中聽到寂靜，如萬花筒，圖案美麗多變。

這樣，世界就不再一直都是用二元的模樣供人辨識。生與死，愛與恨，黑與白，內與外，班雅明說過，通通可以像長筒襪一樣，手伸進去，一抓一拉，內外便翻轉過來了。

M想，那我們豈不就不可能不快樂？不再受制於二元思維，愛我們所愛，順著我們善良的慾望拿取我們所要，就像在這四通八達的干城步道，我們依己之願前往每個可能的方向：向西走初英線，往北走楓林步道、白雲步道、日光步道、向陽步道，往南接田園線，一路都有遠遠的山影和晃動的人跡、溫柔涼爽的空氣、一些微細的鳥獸草木聲。

這一切的底下當然藏匿著各種喜怒哀樂的事件，但是都過去了。雲淡風輕，船過水無痕，惟記憶能追索。曾經，一個酒後的男子在黑夜的田埂中跌跌撞撞地邊走邊狂扣他的失戀電話，絕望的吶喊聲在月光下幽幽迴盪。一輛疾駛而過的貨車撞死誤闖車道的拉不拉多，狗狗年輕貌美的女主人哭得像一根濕淋淋的胡蘿蔔。村長選舉時，早餐店幹練的老闆娘對上年輕的肉鋪小開，雙方人馬一度堵在路口叫罵，讓過路的人以爲此地正在建醮大拜拜。曾經，一位在台北經商致富的鄉親，某次返回吉安探望老母後，在賓士車裡聽葉啓田唱的〈媽媽請妳也保重〉，一路大哭回台北。一個明亮的週五早晨，兩位幼稚園老師帶領了二十幾位排成一長列的小朋友去遠足，沿途幾個爸爸媽媽在路邊拍照。

應該有更駁雜的事被藏匿在更深層的時空裡。一些背德的、違禁的、情理不容的、我們永遠都不會知道的事。M想，不管怎樣，這些都過去了。而一旦過去，整件事就變質了。昆德拉說得很好：「記憶是遺忘的一種形式。」也就是說，我們一直都是記得少，忘得多，而當我們記得那麼少時，我們的記憶還稱得上是記憶嗎？它不過就是遺忘的另一種呈現方式。更不談這其中有多少成份還被自己扭曲。所以，過去的，也就過去了。M想。緣起性空，說的不就是這個？

在吉安這條寬闊的馬路邊，M想像，曾經有億萬顆細細的沙子凝聚成這個圖像或那個圖像，在空中，也可能在地面，有人，有車，有狗，有樹，人會走，車會跑，狗會叫，樹會搖，但有個時刻起了一陣風，億萬顆細沙嘩啦啦剎那間散落一地，人車狗樹全不見了，再一陣風，連地上那些沙也不見了，M想，過去種種就是這樣消失的吧。

其實這樣就自由了。事件的物質性消失，它形上的空間便浮現。我們從此可以自由地高談闊論事情的意義，爲什麼這件事對我來講是這樣這樣，而不是那樣那樣，詮釋的快樂在我們語言的描述中不斷湧現。在不停更新的論述中，我們看到、理解到事情的豐滿體態，最終我們分不清楚孰眞孰假，因爲眞眞假假的想像、紀錄與回憶已渾然一體。M想，在我年華逐漸老去的今日，面對的將是一個日益繁複龐大的故鄉吉安，它會不斷地被我的想像滋潤，如一棵樹的生長，從苗到枝幹，到令人驚歎的大塊體積，一步一步地在我眼前呈現它的變動。所謂的歷史，所謂的哲學，應該也都是在這樣的狀態下，悄悄產生的吧。

身分

那個人跨坐在摩托車上，低頭轉身往後看，跟駕駛座上的M打了一個照面。紅燈大概還有二十幾秒，他盯了M半晌，大概覺得彼此並不認識，便將身子迴正，繼續看著前方大型的比基尼女郎廣告看板，一會兒綠燈亮了，摩托車噗一聲跑掉，他是誰？怎麼這樣子看我呢？M想。

只有在小鎮才會有這樣的情景。在台北，有哪個騎摩托車的人會在等紅燈時，往一旁的汽車裡頭看，以爲遇見了哪一個認識的人。在大都會遇見熟人的機會很低，誰會在巴黎街頭沒事撞見昔日高中的英文老師？要有，趕緊買樂透去，可能冥冥中有一股不可思議的力量正將你往好處推。

可是小鎮裡的人際網路不是如此，人與人之間很近，一早在明昇吃煎包時，不經意聽到某個熟悉的聲音，咦！那不是阿康？你也來喔。是啊，好吃哩，辣椒蘿蔔超帶勁。或是，像布魯上回騎車在蹦康肉圓前轉彎時，匡一聲撞上殺過來的一輛輕型機車，正想罵這人怎麼這麼不長眼睛，一看竟是自己阿姨。奇了，這種小地方怎麼連撞車都會撞到自己人。

所以騎摩托車那個人可能認爲，偶然停在身邊的一輛車，裡頭坐了一個必然認識的人，這件事是可以想像、可以經驗，甚至是稀鬆平常的。M想：我因此在這個小鎮裡的身分跟在都會裡不一樣。別的不說，透明度就不同。在很大的大都會中，譬如紐約，你會是一隻透明水母，終日似有似無地在街頭巷尾間漂移，沒有人注意你在乎你，或者根本就看不見你。

而在這小鎮，你被凝視的機率大增，一些小有名氣的人，簡直就像馬英九那樣，走到哪裡人家都認得。這個事實會嚴重改變你對自己身分的認知，以及連帶而來的生活感覺。

很多年前，M返鄉接受教育召集時遇見賴新發，談笑中他們提到小學一位兇極了的音樂老師。有一回唱一首叫〈思我故鄉〉的曲子，「思」那字拔高的高音讓就快從童音轉成大人音的同學們個個面面相覷，沒人唱得上去也就因此沒人唱得對，兇巴巴的音樂老師從排頭一個一個點唱，然後一個一個打。「我被打得最慘，」賴新發大笑說：「因爲我沒唱，我學牛叫。」

談這件事讓M想到一連串的往事。他甚至還保有對音樂老師兇狠之外的記憶：一年暑假老師帶了學校合唱團到台北的台視公司錄影，M也是其中一員，錄完影在餐廳用餐時，M不小心將大半瓶的辣油倒進碗裡，然後如小丑般滑稽突梯地吃下那碗又燙又辣的肉絲麵。

隨後M又想到國中時一位後來成爲知名作家的英文老師。老師當時年輕，暑假一個豔陽高照的下午，他在學校附近的晴海游泳池游泳過後，竟然穿了一件紅色泳褲，上身披一件夏威夷襯衫，就這樣一路走在小鎮最熱鬧的中華路上。多年後M跟久別重逢的老師提到那個奇異的畫面，老師仰天大笑隨後矢口否認，「那是個怎樣的保守年代啊！怎麼可能？」可M的腦海裡就的確烙印了一個鮮明的畫面，那畫面把一切都兜進來：東海岸燦亮的陽光、灼熱的海風、一台在街道間逡巡的冰淇淋車、春風少年般穿著紅色泳褲走在大馬路上的青年英文教師。一九七〇年左右的小鎮約莫就是那種模樣。夏季如此，秋冬則是另外的氛圍：十月一到，密集的慶典紛至沓來，旗幟在風中飄揚，此起彼落的口號聲與軍樂聲隱約在遠方流動。若是週末放假在家，M會躺在鋪了榻榻米的閣樓裡捕捉周遭的一些聲響氣味，歌或鞭炮或什麼的，感受一下軍國主義帶來的莫名其妙的熱鬧。

這些回憶構成了我的身分。M想。我因此是一個喜歡音樂，童年時曾經參加合唱團，還去過有「群星會」節目的台視錄過影的男子。我也是一個離不開藍色海洋的人，這個人深刻知道也深刻體會過，一個只住了少少的人的海邊小鎮，一到夏天會如何因爲它的空無而散發出多麼迷人的風采。又或者，軍國主義的媚俗性格曾經怎樣在我的身體與靈魂裡起過化學作用，讓我無法用正確的方式看待歷史上所有的法西斯，只因爲某個年代曾經灌輸了我對紀律之美的幻想。

所以M想，我們的身分跟地質一樣，是持續累積形成的，錯綜的時空肌理在非常微細之處界定我們。有些成分我們感覺到了，有些卻一無所知。可見的與不可見的上下交織，M想，每個人終其一生一定有許多誤以爲自己是什麼，而其實正好相反的部分。大體上人在社會現實的層面比較能確定自己，譬如，職業是老師，就不會以爲自己是廚師。若是花蓮中學的校友，就不會以爲自己是宜蘭中學的校友。

但內在現實呢？在看不見的地方，誰能夠有十足把握了解自己的身分？即便是性別這種大多數人覺得很清楚的事，細想之後都有很大的詮釋空間。姑且不說某些在命名時就被賦予性別期待的女生，M想，自己在被教養的過程中，不也往往是雌雄同體，陰陽莫辨的嗎？首先，媽媽不就是女人？從繈褓時期的摟抱到日後言語的介入，怎麼可能不在身上留下痕跡呢？而一路簇擁在旁的，除了姐妹、阿姨、外婆阿媽，小學時，一個班級裡不也有一半是異性嗎？

就像那個回頭看M的男人提醒了M，他所在之處是一個沒什麼人的小鎮，我們有很多機會從新穎的角度解讀自己內在的本質。哲學和宗教都在教導我們這樣的事。宗教讓我們有機會練習與「無限」對話，即使那「無限」只是一種想像，我們也會因爲這樣的想像而釐清許多自己內在的特質。而哲學教我們什麼呢？哲學教我們從理性的運用當中確認自己的有限。人是有範圍的，人的身體與知識都是有範圍的，人的謙遜其實談不上美德，那不過是符合人的本質的一種自然態度罷了。越多哲學與宗教的閱讀，人越了解自己。

但世上自我解讀之道又豈僅宗教與哲學這兩路，我們周圍其實充滿許多或暗或明的提示。也許是像M對台視餐廳的辣油那樣的記憶，也許是一個忽然在眼前晃過的畫面，都可能如天啓般照亮我們的視野。

M想到某一天下午他在捷運永寧站前等公車時，一輛漆有某個國際投資基金廣告的計程車從眼前經過，M瞬間頓悟，有一股強大的金錢勢力正鋪天蓋地而來，它無堅不摧，它違反民主（你我在這些遊戲規則中肯定無法做主，做主的是他們操控的市場），它因此是無情而邪惡的。

M當下覺得自己的身分非常地猥瑣。我是誰？在這個號稱民主的時代中，我到底是誰？那輛計程車跟那個騎摩托車的男子一樣，提醒了M的身分。在我們自以爲當家做主，因此號稱民主自由的時代中，我們其實卑微得像隻小蟲。寡頭的操控者隱身在世界的某個角落，面帶微笑吸吮著全世界最甘美的汁液，這一切都沒我們的份。

M想，就跟政治上所謂的民主一樣，大家都以爲去投了票就當家做主了，怎麼有那麼好笑那麼阿Q的想法呢？國家！何其龐大、無法撼動的國家！市場！何其龐大、無法撼動的市場！世界！何其龐大、無法撼動的世界！我們的眞正身分是蟲！是比趙傳唱〈我是一隻小小鳥〉裡的小鳥還窩囊一萬倍的小蟲。M想著想著，居然就動了一點氣。

存在主義可能就是在這一類的氣頭上講的話吧。當然它立意良善，無非是要鼓勵衆人。「存在先於本質」，說得多好！好像說出這個聽起來像口號的哲學命題，人就可以把本質空出來（免得忍受上帝的頤指氣使，你是這個，你是那個的）。先存在，再一步一腳印去創造人的內容（也就是本質啦），人的尊嚴於是有了著落，我是我意欲成爲的那個我，也就是說，我的身分是由我規定的。太完美了，所有的哲學在還沒實踐之前都太完美了。可是，M想，就像那位不經意在紅綠燈前遇見的摩托車男子，他一個無心的動作讓我了解到事情更深刻的眞相。我們似乎隨時會在實踐過程中遇見各種無法逆料的驚訝。在還沒走出洞穴之前，我們都是山頂洞人。柏拉圖如是說。可總有一些人終生就是要奮力走出巨大的洞穴，讓陽光把一切照得更清楚，讓自己的身分更多元更豐富，最好就飽滿得像隻大熊吧。

像隻大熊，也許就不會再質疑自己的身分了。

消逝的特務

M跟老作家走進咖啡店時，年輕的店長微笑著迎面走來。下午快五點，窗外的陽光比中午和煦許多。幾個放學揹著書包的學生有說有笑走過去。也有人蹓狗，小狗興奮地拉著繩索往前衝。不遠處一台賣包子的攤車生意好，老板旁邊排了一小段人龍。公園裡幾個媽媽各自帶了很小的小孩，大夥湊在一起盪鞦韆，玩溜滑梯。店長問：「今天一樣嗎？」老作家點頭：「嗯。」然後跟M說：「我女兒放了一包印尼的咖啡豆在這裡。」老作家年過八十，眼神卻很活潑，每天都還寫新東西，對觀看這個世界依舊興致勃勃。M說：「那麼常來啊？」「是啊，坐這裡可以看很多事。那邊一個公園……」老作家肩膀略微抖了一下，有很多話要說的樣子。

M跟老作家邀書。前兩天電話中約好了見面，見面聊聊，或許會有不錯的出版想法。

坐下來不久後老作家說：「這幾年常想寫一些以前沒想過要寫的東西。」M說：「喔？」尾音往上輕揚，願聞其詳，他等著老作家告訴他，那都是些什麼。

「譬如，想寫一篇短篇，講個老人。」老作家用下巴比了比對面的公園，說：「最近有人告訴我，以前有位常在公園裡坐椅子上看報的老頭，」他停下來小做神祕狀，M趁機拿起咖啡杯啜了一口，眼睛沒離開。老作家稍微壓低了聲音：「其實退休前是個特務。」又停了半晌，說：「二二八前後有許多人被他抓走。」

M往公園那邊望去，剛剛那些媽媽小孩走人了，大榕樹下的長椅上坐了一個太太，正靠著椅背閉目養神，樹鬚隨風輕輕搖擺，一副歲月靜好的模樣。隔著咖啡店厚玻璃聽不見聲音，像是另外的一個世界。

「好多年前常碰到他。」「也來這裡喝咖啡？」M問。「他喝什麼咖啡！他每天到那邊的市場買魚肉，就看他拎著一兩包塑膠袋走過去，糟老頭一個啦。」老作家語露不屑。

「寫他在這公園附近晃來晃去。」老作家像在想著什麼，一會兒才說：「我想知道他怎麼面對這個社會後來的改變。」M問：「後來？」「他幹了那麼多壞事之後的後來……這個社會，終歸不是他跟他主子想的，可以那樣子的爲所欲爲……」

這小說挺有意思的。什麼都免講，就寫一個老人像個鬼魂般在社區的公園附近晃蕩，隱藏的恐懼顯現在許多細微的動作中。是要這樣寫嗎？M問。老作家很輕很輕地點個頭，輕到幾乎看不出來，那裡頭隱藏的訊息是，我差點就同意你了，但不是。

「小說很難寫出那種恨。」二二八時老作家十幾歲，一雙澄澈的眼睛張得大大地凝視著外頭那個遭逢鉅變的世界。「凡夫俗子的恨。」老作家說。

M想，小說可以寫晚年的特務一個人煮飯，一個人失眠，一個人發呆，一個人在公園附近走來走去，讓他一生的經歷被攤在讀者跟前，任人鄙夷、斥責、唾棄，但無法寫出被迫害者的痛與恨。小說的表達有局限，有人甚至認爲眞正的文學並不存在，就如同我們不可能透過語言文字，告訴一位從未聽過德布西的人，那樣的音樂究竟是什麼。

「他其實還是會跟人家打招呼，」老作家的嘴角抿了一下。「大家根本不知道誰是誰……都住在這裡，許多事情都過去很久了。」

M看窗外，路人似乎多了起來，幾個年輕女孩手上拿著飲料杯走過去，M正看著，一陣風把其中一位的短裙吹掀開來，青春雪白的肌膚閃入眼簾，他瞬間把眼光移回老作家身上，老作家還處在近乎喃喃自語的狀態：「講起來人生比小說還無情，小說拚命想留住一些什麼，人卻往往輕輕鬆鬆把一切都忘掉。」看M看著他，笑笑，說：「這公園一帶有很多故事可以寫。」

有許多故事可以提醒人的不完美。M想，不完美才是人的常態。人不會飛，不會不死，不會這個不會那個，豈只四不一沒有，人時間到了兩腿一伸，會是什麼統統都沒有啊！歷來人類對於完美及永恆的描繪都是幻想，太多人喜歡耽溺在這種超現實的期待中逐夢，既期待又怕受傷害，日復一日，年復一年，跟薛西弗斯一樣無藥可救。

這讓M想到前不久陳偉殷對上西雅圖水手，到了第七局還保持完全比賽，賽後記者問他當時心情，他說他當時只希望趕快出現第一支安打，打破這完美的局面。啊！壓力太大了，把人當神看了。「完全比賽」像天使又像魔鬼般在遠處召喚。不如就爛掉吧，爛掉就輕鬆多了。

老作家一定不以爲然。M想，他的堅持應該比我還多，那個世代有那個世代的人生風格。可是年歲的增長難道不會稀釋掉那些濃稠的愛恨情愁？就像他要寫那麼一位眾人皆日可殺的特務，也不過就是寫他在公園附近晃來晃去。是不是年紀大，視野拉高，就天地不仁了起來？

M問老作家，現在寫小說跟年輕時寫小說一樣嗎？「老了什麼都不一樣。」老作家看了櫃台一眼，年輕的店長跟她的夥伴朝這邊微笑點個頭。「現在比較想寫短篇，」「爲什麼？」「短篇的氛圍比較接近我理解的世界的本質。」「那是什麼？」「瞬間。」哎呀，怎麼一下子變成禪宗教學了！

老作家知道自己語焉不詳，接著補充說明：「人的世界並不存在長篇小說所要捕捉的那種龐大的東西。一切只是碎片，斷簡殘篇啦。」M湊上一句：「上帝的世界才有那種龐大的東西。」「上帝就是人的斷簡殘篇啊。」老作家下了一個小結論。

M突然覺得眼前這位老人有點神祕虛無。那篇寫特務的小說可以寫到怎樣的程度？一個切片的畫面能夠承載多少內容？人的愚蠢、人的殘暴、人的無助、不可違抗的命運、無法報復的暴力、愛與恨、面對歷史的喟嘆……

一個幽魂般在公園遊蕩的老年特務就可以呈現那麼多東西？

「焦點找到，看事情就有視野了……」老作家手持咖啡杯，停著不動，這可以算一個焦點畫面？一個聚集很多感覺，供人凝視並延伸許多思維的畫面，就會是一篇短篇小說力道的源頭？

「小說作者要抓住這個東西。」他喝了一口咖啡後說：「那個東西其實就是他自己生命的答案。」

也就是說，小說作者要整理自己，爬梳自己，為自己找到一個面對世界的方式，這些動作的終點是改變自己，而不是改變讀者或外面的這個世界。

M問老作家是這樣嗎？老作家笑笑，身子往椅背上躺，像要把自己放得很鬆很鬆的模樣。他看著M說：「人也抓了，也槍斃了，事情都過去了……過去了就沒辦法逆轉，可以逆轉的是這裡。」他比了比自己的腦袋瓜，「讓事情回到原點，甚至發展出新的樣貌。就跟做夢一樣。夢可以創造一切。」

一切恍如昨日，卻又讓人覺得遙不可及。M想到三十多年前跟初識的女友到碧潭，站在岸邊，看著前方的山和吊橋，交談，散步，搭緩慢的公車回家，而後兩人交往，一天天過去，一年年過去，到出現裂痕，嚴重爭吵的次數在不知不覺中增加，終於漸行漸遠，雙方各奔東西。

人生如戲，這一幕一幕有如電影般的畫面在大時代中流逝，個人的身影攙入了多重的社會集體影像。M想到義大利電影《燦爛時光》，在片中，個性命運皆不相同的兩兄弟，三十多年的成長歷程與時代事件交相掩映，佛羅倫斯水災、都靈工運、米蘭學運，社會的形影不斷地落在個人身上，一起與時俱往，一切終至虛無。M與女友則見證了鄉土文學論戰、中壢事件、台美斷交、美麗島事件，兩人在不同的政治關懷與焦慮中，益發察覺到彼此的差異，而如今一切也一樣地化爲虛無。

老作家所經歷的可能是更殘酷的記憶。他要以一本雲淡風輕的公園小說來記憶那個殘暴的年代，他能在這樣的書中調整出一個令自己自在的視野嗎？或許吧！M想。世上許多事情終究是山不轉路轉，路不轉人轉，如果把自己化為一潭平靜的湖水，將所有的善與惡都放在輕盈的水波上，慢慢搖，慢慢晃……

M跟老作家走出咖啡店時問：「最近還看過那位老特務嗎？」老作家一笑：「死很久了吧。」說完道再見，往前走一小段路，轉個彎，便消失在公園旁的安靜巷弄裡了。

濱海街區

週六下午M經過許昌街一家唱片行時聽到爵士鋼琴的音樂，他停下腳步聽了片刻，剛好有一段〈雷神進行曲〉的主題藏在即興的JAM裡傳進耳朵。那軍樂的旋律若有似無，像過了中秋之後空氣裡微微的寒涼感覺。但那一段熟悉的音符迅即讓M想到家鄉花蓮，特別是有個角落，就是從北濱街彎進五權街所勾出來的那個街區。M的記憶被拋繩槍打向該處，若有似無的〈雷神進行曲〉主題把不少相關聯的東西都擠壓出來。有的有形，像是一些事件、建築，或人。有的無形，譬如意義，或某一種的氛圍。

在那個街區裡，東淨寺與花崗山廣場和「更生日報社」形成三角相犄之勢，M想，這三口的組合如果說是構成了怎樣的內涵，恐怕得從花崗山廣場開始描述。它是什麼呢？它原本只是空無，只是一個可以眺望太平洋的小山頭，日本人來了之後發現這裡地形險要，易守難攻，便開始有了一些軍事的想像，不久後果然鏟平山頭，將之做爲警消的訓練基地。這跟七八十年後，李登輝到了花蓮便會入住山丘上的國軍英雄館，以達到最佳安全維護效果的思維如出一轍，它的DNA註定了它的體質。

一九〇八年七腳川地區的阿美族人槓上了日本人，日方利用花崗山廣場集結兵力，大舉揮兵南下，直搗七腳川畔的幾個部落。此舉如定音鼓般確定了這個空間的調性。暴力需要龐大的力道，寬闊的花崗山就是適合糾眾來完成數大就是美的暴力想像。這種眾志成城式的誓師，在長年的歷史中不斷上演，甚至哀傷的集體宣告也不例外：一九四五年八月十五日，花蓮港廳當局將花蓮市民集合在花崗山廣場，聆聽日皇裕仁廣播宣布日本無條件投降，這個山丘廣場好像即將改變命運，改朝換代了，一切是否會變得更好？

那之後，另一個脈絡的歷史語言來到這個山丘上。救國團團委會、國民黨黨部、中正體育館一一在此興建，舊衣尚未完全褪去，新衣已亟思穿上。M回想小學在山丘上的棒球場看校隊比賽的情景，現場播音員國台日語夾雜的廣播在藍天白雲和海洋的氣味間飄揚，「現在bata（球棒）是七番的林朝枝選手……」生命如花籃，歷史似河川，主流支流融合混搭，要說哪一個才是政治正確其實不可能，存在即是合理，就像爵士樂，各種風味全揉在一起了。

可花崗山仍然是一個權力的啓動點，政府換人做之後，十月成了普天同慶的月分。雙十國慶、光復節、總統華誕（現在的孩子可能會問「這是什麼碗糕呀？」）全擠在這個秋高氣爽的時節裡，各學校社團在這三個日子都要歡欣鼓舞地敲鑼打鼓來到花崗山廣場，接受權力的點召，表達對國恩家慶的喜悅。

於是有一大串宛如嘉年華般的遊行隊伍會在集結完成後，從花崗山沿著中華路、中正路、中山路一路繞行，讓威權與節慶的氛圍恰如其分地滲入家家戶戶當中。旗幟、火把、口號、昂揚的歌曲與軍樂，M想，或許，這一切在那個年代的確是動人的吧。

而在花崗山山麓的東淨寺則用另一種沉靜的方式呼應過往的歷史。這座台日混血的廟宇由兩座日僧開山的禪寺在戰後合併而成，因爲位於日本時代花蓮最熱鬧的黑金通附近，與當年氣派的常盤館旅社近在咫尺，很難不讓人回想起它濃厚的日本血統。

M的父母及兩位兄長的牌位都在寺裡那座高聳的靈光塔裡。司馬遼太郎有一年到花蓮也登過那座塔，寫到《台灣紀行》一書裡了。東淨寺佔地一千多坪，平日氣氛靜謐，少有人至，舉目所及，除了「東淨寺」三個字之外，不見任何一對對偶，不立文字，了無掛礙。寶殿與寶塔和院子裡一棵枝葉茂盛的大樹，構成一片穩定的寧靜。寧靜貫穿百年，在東部小鎮的濱海一角，至少在M的記憶中，這一帶不曾喧囂過。

對M而言，這種寧靜才是這座濱海市鎮的本質。寧靜意謂著我們有更多機會面對自己，更多餘裕讓思緒靈動，使許多以往不曾注目的細節一一呈現，喔，原來我是這樣，原來我是那樣。許多原本似是而非的人間體會也逐一明朗，喔，原來驕傲是這樣，原來謙遜是那樣。這些反省其實就是哲學的目的，佛教說無明，寧靜的空間讓我們從無明到明。而一切不過就是肇端於寧靜的空氣，M因此想，人要的眞的不多，一大片乾淨的空氣足矣。

這片靜謐跟不遠處的花崗山廣場形成有趣對比。東淨寺像是躲著，躲在喧嘩的花崗山腳下，冷冷對應不時在上空呼嘯而過的軍國之聲，它的安靜甚至已然有點面露不屑。M想，這是混搭的歷史必定會顯露出的一種面貌。當戰爭進行時，在某個角落總會存在著反戰的身影，或明或暗，有的遊行示威，集會嗆聲，有的寫文章表態，爲他的時代留下紀錄，而有的就像東淨寺這樣靜默地存在，以無聲對抗咆哮，就長遠的歷史來看，這種對抗通常有效。

靜默會擴染，賽門與葛芬柯在〈沉默之聲〉裡唱過：「沉默如癌細胞般蔓延……」歌裡說，有個幻影緩緩爬過，在我熟睡時灑下種籽，這幻影從此深植我腦海，迄今仍不時在沉默中迴盪……先知的話在地鐵牆上，在公寓的走廊裡，在沉默之中不停地迴盪。

M完全了解沉默之聲的這個側面，無形的世界比有形的世界豐富，無聲勝有聲，這個世界常是依著這個道理轉。從東淨寺往海的方向走去，沿路寂靜，一條五權街像是許久無人行走的道路，但陪伴花蓮人一甲子以上的「更生日報社」也在那裡，報社耶，M想，理當眾聲喧嘩的報社卻座落在這個安靜的街區，是不是也暗示了花蓮人某種不愛熱鬧的性格？

報社六十多年來持續在花蓮散發溫暖的能量，M國中一年級時在這裡領到平生第一筆稿費，一百個字談環境衛生的短文拿到新台幣十元，爸爸騎腳踏車載他去報社領，那年金龍少棒隊拿下台灣第一次的威廉波特冠軍，十元還眞能買到一些東西。

一九五一年十月花蓮大地震，報社在滿目瘡痍中發行手寫版，跟一甲子後日本東北海嘯期間，因發行手寫報紙而震撼國際的石卷日日新聞遙相輝映。啊！六十年前的花蓮就已經有那麼盡忠職守的新聞從業人員了！有當時的報紙標題為證：「商人皆存良心，各物並未漲價」、「瓦礫中一枝獨秀，棚屋內電炬通明」，沒有相片，就用手繪圖替代，一天一大張，照樣出報。M想，這直可被當成花蓮之光的歷史事件為什麼沒有人提過呢？

東部太安靜，而東部花蓮的這個街角又是安靜之最。一家每天發言的報社位處此地，六十多年來，一旁的北濱街人來人往，附近的東海岸潮起潮落，觀光客有時多了一點，有時少了一些，似乎都不能影響報社血液裡從容不迫的DNA，這點的確反映了閱讀這份報紙一甲子的花蓮人的個性。報社除了大量報導每天花蓮的大小事，它的廣告更是與市民生活息息相關，逛街購物美食的生活訊息不說，誰家孩子考上台大，誰家娶媳婦，誰家又是高堂老母歡度八十大壽等等，在這份報紙裡通通看得到。

M喜歡在報社前的閱報欄看報，以仰首站立的姿勢認識那些他無法親身接觸的人與事。M渴望知道這些消息，這一切與他完整的生活情境密不可分。他喜歡小鎮的過去現在和未來，喜歡感覺到每一件發生過的事在腦裡發酵出來的氛圍。有些形而下，有些形而上，都被M納入到快樂的幻想中，而形成一個孤獨完整飽滿的世界。

住在東部花蓮而能隨時走路到這個安靜的街區，是一件無與倫比的美事。幾次M從花崗山沿著坡道走到東淨寺，再往《更生日報》的閱報欄走去時，M甚至發現自己腦裡的語言變得很不一樣，一字一句宛如掉落軟墊，無聲無息地把原本要說給別人聽的話，全都說給了自己聽。也對啦，本來口說的語言一旦落到書面，其實就變成了另一種語言，更何況是隨著腦袋瓜來到這麼安靜的濱海街區，M想，這樣子要想有所不變，大概很困難吧。

非如此不可的拔牙

陳威拔牙前一天跟M說：「我有一種即將被截肢的感覺。」M哈哈大笑：「不過就是一顆牙齒啊！」陳威兩眼炯炯有神看著M說：「那可是門牙。」門牙關係著門面，所以感覺像截肢？這事情到底嚴不嚴重？M想。有些女人連子宮都拿掉了，也沒看到像陳威這樣呼天搶地的，這人到底怎麼了。

第二天M把這事攤開來幫陳威想了一遍。事情的核心在「割離」，一種迫於強大外力的分離。它像交響曲裡的主題一樣從頭到尾縈迴不去，貝多芬不就這樣寫曲子？第五號交響曲開頭「砰砰砰砰」的音符不時在旋律進行中冒出來，他真的到處在說「非如此不可」（他甚至在一首弦樂四重奏的手稿上寫下這幾個字）！生命的本質或許就只是這句話，陳威不像昆德拉懂得這個道理，昆德拉看過共黨入侵布拉格之後便想通了。人生有許多的非如此不可，施暴跟抗暴都是非如此不可，愛與被愛也是非如此不可。哎！M忍不住在心裡對陳威講：「你拔個牙算是最輕微的非如此不可了，簡直輕微得像棉絮，有半點痛苦的分量嗎？」

很多年前的一個冬天夜晚，M當時才一歲多的兒子躺在床上大哭，因爲M把孩子的奶嘴放在阿嬤家，忘記帶回來了，這房子因此顯得冷清，一歲多的孩子一定這樣想，沒有奶嘴的世界算是個世界嗎？他用嚎啕大哭抗議，哭得深夜裡的巷子家家戶戶都聽見了。「非如此不可嗎？」許多年過去，在M的記憶中他似乎問了孩子這個問題。「人生有很多事情不是你想怎樣就怎樣。」他應該是看著躺在小床上哇哇大哭的兒子說了這句話，然後出門開車，到阿嬤家帶回奶嘴。或者是，他先默默出門開車去拿回奶嘴，回到家塞進兒子嘴巴時說了這句話。寒夜蕭條的氣氛讓M因爲體悟到人生的道理而有些沮喪。

陳威牙齒的分量會超過兒子的奶嘴嗎？這個奇異的問題會擊垮陳威，讓他的「非如此不可」變得很沒有分量。再說，有些東西拋棄掉，不是讓我們更自由嗎？一顆已蛀壞的牙齒跟一個被吸吮很久的奶嘴，不都是屬於這類的東西？思考一下自由的意義吧，M想。顧爾德有一張專輯叫做《Serenity》，裡頭挑的曲子都沉穩安靜得不得了，從巴哈、孟德爾頌、史克里亞賓，到布拉姆斯，都是。挑得很精。顧爾德說，這種沉穩風格可以幫助演奏家用最簡約的方式掌握音樂的整體細節，也就是掌握作曲家完整的思維與情緒，這頗感人。所有細節都有它的必然性，都是「非如此不可」，當它細緻複雜到一個程度時，你就只能以簡御繁，用割捨的方式得到更多的東西。這聽起來矛盾的事讓M低迴沉思不已，人的得與失就像樂曲中的音符與休止符，總是互爲表裡，相互取悅的吧。

所以陳威若失去一顆牙，必定會在哪裡又長回一根牙。這聽起來似乎很超現實的搞笑話，卻有人把它當哲學或信仰一般地實踐著。這是平衡，而人對於平衡狀態的想望，是一種深沉的內在需求。一些像「失之東隅，收之桑榆」之類的成語不斷透露出人想要擁有一個均衡美滿人生的欲望，很多人快樂地相信，上帝如果將你關閉一扇窗，就必定在某處爲你開啓另一道門。平衡代表希望，一種變形的永恆。這邊失去的，會在另一個地方找回，這個邏輯的終極是天堂，M想，所謂最後審判大概就是這樣來的吧。

很多事需要平衡才能臻於完美，一個不平衡的世界是一個不快樂的世界。譬如說，人的前庭神經若因感冒發炎而失去平衡，整個人即便坐著也會像打陀螺那般天旋地轉起來，陷入一個完全不能掌控自己的狀態，M曾經有過那種可怕的經驗，他覺得那甚至比死亡還可怕。

先不說那麼極端的情形，就拿彈鋼琴這件事來說好了，你如何以十根指頭跟八十八個鍵盤完成均衡的互動，輕重之間，緩急之間，演奏家對曲子的每一個細節都在整體的視野下了然於胸，因爲整體，所以知道如何像走鋼索般，將每一次的對比都巧妙地平衡出來，這聽起來不誇張，做起來卻難如登天，費希說尼采的超人其實就是這麼一回事，你這輩子如果萬事皆能均衡處置，那你就是超人。可我們都是凡夫俗子，我們易於衝動，往往在剎那間就失去了永恆，這是人類的眞相。M想，要終其一生保持著平衡的狀態是不可能的吧。

所以陳威應該用平常心面對他即將拔掉一顆門牙這件事。人在成長過程中會不斷碰上異化的事情，造成異化的原因包括像拔牙這類割離的事，這種不斷在量上的減少，久而久之就變成質的改變——當你步入老年，一顆又一顆的牙逐漸離你遠去，接下來你就會在鏡子裡看到一張完全變形的臉。這就是馬克思說的異化，用白話一點的話說就是疏離。這事裡頭有個很弔詭的現象：你跟某個人或某件事相處得越久卻越不認識他，爲什麼？因爲萬物會變，原本這樣，久而久之變那樣，異化現象就是這樣產生。每個人對這種變化的敏感度不同，有些人驚覺其中的落差，有些人安之若素，對離他越來越遠的東西並不特別感傷或哀痛。馬克思舉的例子是工人，在資本主義的體制中，工人逐漸失去了對自己工作的控制，變成爲資本家賺錢的工具，勞動的價値蕩然無存，這不是疏離是什麼？

馬克思面對這種情形想力挽狂瀾，陳威面對拔牙這件事時的心情搞不好跟馬克思一樣。他想挽回即將步入異化過程的牙床，以及由牙床延伸出去的整個臉龐。但這是一個不可能的任務，牙醫師拔牙的指令彷彿神諭，是有所本而不是信口開河，說要拔就要拔，陳威怎麼反對呢？牙醫師所依據的是什麼？是陳威一年老過一年的身體，一年比一年益發嚴重的齒危髮禿現象，就像古時候聖旨開頭喜歡說的「奉天承運，皇帝詔曰」，牙醫師所傳達的指令清清楚楚就是老天爺的意思，這顆牙要拔就像人總要死那麼必然，陳威有抗拒的空間嗎？

M想，陳威把拔牙上綱到截肢未必不能理解。他不過是比許多人都更敏感罷了。人一生成長的過程或許可以說是一個截肢的過程，也就是持續異化的過程。從學校畢業算不算截肢（跟童年說再見，跟青春說再見）？搬家算不算截肢（跟豬窩狗窩說再見）？失戀算不算截肢（跟可恨的阿珠阿花說再見）？在我們從小到大不斷變化的過程中，其實我們都必須不斷地回應一個很海德格式的問題：「這裡是哪裡？」請仔細想想，M在心裡對陳威說，我們都知道，「這裡」的意義永遠不確定，這在日常生活中是一個樸素的常識，但爲什麼我們在人生意義的探索上，是那麼怯於或懶於對自己詢問這個問題呢？

聽過一些爵士樂手，譬如說Chick Corea，一整張都是即興演奏的鋼琴專輯嗎？要在那麼長的時間裡讓指尖隨著意識的流動而變化，他是否必須一直知道「這裡是哪裡？」這個緊扣核心的問題，否則他要怎麼掌握調性、節拍、樂句的轉變？譬如當整個旋律往下墜時，還一直能用姆指擊出的低音維繫曲子的張力，這不是要像人生哲學的思考，唯有清晰的理性方能爲之。如果連這裡是哪裡都搞不清楚，我們如何認識自己？

所以，「截肢」剛好爲我們提供一個思考的絕佳機會。舊的不去，新的不來，許多割捨往往爲我們帶來更猛烈的砲火，我們很可能因此看清楚這裡是哪裡，更清楚自己應該怎麼往前走，M想，或許自虐的意義正是由這裡滋長，人因爲自虐的欲望而割除了原本無法除去之物。阿智有一次跟M說，他迷上登山的一個很大的動力是自虐，這麼一想，一些問題似乎都兜起來了。「這裡是哪裡？」、「割除」、「自虐」、「成長」……，好像都揉成了一個巨大的問題。M想，陳威拔掉這一顆牙，簡直可以說是獲益匪淺啊！

復原

有一天M在海邊喝完咖啡想用手機拍風景時，發現手上的咖啡紙杯沒地方丟，他想了想，決定先將紙杯捏扁後放到大衣的口袋裡，稍後他便用這方法騰出兩手，拍了幾張不怎麼滿意的照片。一直到那天下午，M才發現這個被壓扁的咖啡紙杯還放在口袋裡，他盯著紙杯半天，突然有一股強烈的欲望想將它恢復原狀，接下來M碰到一些困難：事實上那杯子的杯沿已扯裂，底部也凹陷了一個窟窿，尤其剛剛急著壓扁它時力道過大，以致於整個杯子再怎樣都只能喬回一個比法國歪脖子紅酒酒瓶還扭曲的模樣，總之就是不可能復原，這紙杯只能找一個地方丟掉，肯定是無法再用了。

M對自己爲什麼會有這種想復原紙杯的欲望深感興趣。他相信這樣的欲望底下一定蘊藏著許多連自己都忽略過的生命細節。他最近做了幾次同一類的夢，他夢見他已經二十幾歲的兒子變回嬰孩，或者，他不知道跟哪一個女人歡好，居然又生了一個跟二十幾年前的兒子一樣可愛的小貝比，M當然知道這只是一個夢，一個帶著哀傷情緒追憶往事的夢。說是哀傷，但其實在夢中無比甜蜜，這是記憶跟現實的反差所造成的結果，夢跟現實不一致，彼此都可能比另一方更這樣或更那樣，端看做夢或現實中的那個當下你是什麼。一切似乎都不斷地游移。

這或許是復原欲望的底層最深的期待，M想。一個不動的、永遠一樣完好的世界。這讓M想到許久前，兒子就像夢中那個嬰孩那麼小時，M陪他看繪本，跨頁的彩圖畫了一張全身浸泡在深潭中的一隻恐龍，四周是一個看起來億萬年都沒有人來過的雨林，M單看畫面都可以感覺到那個空間的陰冷和安靜，一種超出了人的社會所具有的鬧哄哄特質，所有的東西都靜止了，都不會再變了，M知道自己嚮往著那樣的世界，但，除了死亡，那會是什麼？

一個奇怪的辯證出現了，難道重生竟是死亡，復原意味著靜止？M想，到底是什麼東西誘惑著我？那一池雨林中的深潭爲什麼有那麼大的魅力？絕對的美好是否不容絲毫變動？就像失去樂園的過程中，每踩出一個步伐就是一次墮落。人除非如死亡般地靜止，否則伊甸不再。是這樣嗎？M想，對好動的人類來說，這猶如一個充滿魅力的不可能任務，回到靜止的子宮，啊！正是，那池深潭就是子宮，一個難以企及的永恆伊甸園。

這一來，M看到更多的自己了。把壓扁的咖啡紙杯喬回去似乎是一個從深層意識湧出來的隱喻，它暗示著世道多麼艱難，紙咖啡杯上滿佈縐摺，有粗有細，每一道都曝露出無可復原的情境，M想，這豈不暗合我一路滿是傷害的生命？往事如煙，可是有些卻歷歷如繪，有叫人羞赧不已的，有令人憤怒的，更有許多使人啞口無言、不解的……

所以，有很多人，或每一個人，都有像M要復原紙杯的衝動。這是個原型，在我們的日常生活中隨處可見：有人喜歡將被移動過的物件擺回到原位。有人不斷地藉由運動甚至於藥物，想將身體回復到年輕時的狀態，雖然那過程總是充滿著哀傷和沮喪。也有一些嚴肅的人以聖徒的模樣在求道的路上追尋失去的本心。這些在原點與當下之間的擺盪，使得這世界充滿了人的氣味。人永遠是不完美的，M想，除非他回到一切都尚未移動的原點。

但可能嗎？原點早已消失，我們放眼所見的種種社會情境，幾乎都是人類不安分的本性躁動後所製造的結果。包括，基於各種主義而建立的政治制度、拚命想多賺一點的金融體系、東補一塊西補一塊的各式律法，這些怎麼會是人類初始生活時的模樣呢？所有的政治制度終歸是人起了壞心眼後逼出來的形式。從這個角度看，人好像越變越壞，人跟華爾街那些天才腦袋發明出來的衍生性商品一樣，永無止境地往罪惡的深淵墮落。

問題在欲望，M想。人永遠很可憐地無法控制自己的欲望，欲望來時力大無窮，像綠巨人浩克，誰都抓不住。李安當年爲什麼要拍這部電影？那心裡的深層耐人尋味，這跟他後來拍《色．戒》裡湯唯跟梁朝偉的床戲有沒有關係？聽說他拍那些戲時壓力大到哭了出來，梁朝偉還安慰他：「導演，不要那麼緊張嘛！我們不過就是露了一點肉啊……」李安既想又不想控制自己內在的某種力量，嚮往秩序，又強烈地嚮往徹底的無秩序。這永遠是很弔詭的事：當你控制了什麼時，必定也失去了什麼，反之亦然。

但浩克畢竟可以回復到平常身。能去又能回，那就好。可是人間有更多的東西是跟那紙杯一樣不能復原的。或許，唯有音樂最自由，尤其是像巴哈那樣純粹的流動、交織、聚散、隱現，才可能自由地變形與復原，康德談美學時喜歡說「無關心的滿足」，巴哈音樂裡的音符自由流竄，是沒有位置的位置，康德指的應該就是這個了。這說起來或許比蕭邦貝多芬什麼的又翻高一層，他巴哈老先生的音樂比其他人更純粹，更沒有人味，人味太刻意了，老是要堆積一些痛苦、歡樂，或是像蕭邦夜曲那樣優雅浪漫到不行的東西，哎呀！簡直像腫瘤！這一想，M自己坐在桌子前竟笑了出來。腫瘤？是夠荒謬喔，人類的文明是腫瘤！哈！

也許這是一個大家都必須體認的事實，就像棒球轉播時，興奮的主播喜歡看著飛出牆外的球激動地高喊：「回不去了！」我們一生要面對太多回不去的事情了，也許有一些回不去的事情會讓人跟主播一樣那麼高興，革命算不算？畢業算不算？離職算不算？都有可能啊！這意味著人間有許多事情，當它不可能復原時其實帶給我們很大的快樂。至少它不必再繼續面對一個either/or的選擇，存在主義者最喜歡描述這樣子的痛苦，他們如果在某個球場（譬如古老的芬威）看到小白球毫不猶豫地飛向場外，又在外野草地舒適的涼風輕拂下聽人高喊「回不去了！」恐怕當下會大嘆，所有的哲學論證都抵不過這瞬間的解放，有人深情款款地想復原，也有人想追逐掉頭而去的快感。人生，的確就看是誰的人生啊。

二〇一四年三月，俄國普丁以西方不知如何反應的方式跟速度併掉克里米亞，世人在坦克大砲晃動的幽影中，瞠目結舌地看著普丁遂行他的意志，將那塊被黑海海水包圍著的半島從一個狀態扭轉成另外一個難以復原的狀態。兩百多萬的韃靼人一夕間從烏克蘭人變成俄羅斯人，過程中有公投，有宣示，有締約，但事情的眞相沒有人知道，大家看到的都只是普丁想恢復大俄羅斯榮光的高漲欲望，這蠢動的念頭讓西方一堆政客個個忙得快得憂鬱症，沒有人知道該怎麼辦。

普丁像不像高高躍起、死命想抓回高飛球的外野手？不同的是，他處理的對象不是球，而是自己腦裡的幻想。跟所有腦子裡滿是政治幻想的人一樣，他們總覺得可以憑一己之力改變什麼。政治細胞亢奮的人喜歡用全稱命題描述這個世界，也就是不斷地在句子中加入「都是」這個極不準確字眼。美國人都是壞人。國民黨都是好人。男人都是混蛋。這件事都是因爲你才這樣。這種易於煽動的推斷會把事情內在複雜而巨大的能量擠到單一出口，然後一舉殲滅。M想，政治不就這樣嗎？政治就是眾人之事，誰搞得清楚眾人之事其中的是非曲直？所謂的一呼百應，所謂的一言九鼎，其中其實充滿潛在矛盾。但眾人不察，大家喜歡爲政客的全稱幻想賣命，而這正是像普丁這種有著撥亂反正思維的人之所以能夠成功的基礎。

M想，把一件事情徹底復原終歸是不可能的任務，只因爲時間的本質是流動，每一秒鐘都是獨一無二的存在，那，這一秒的某物跟下一秒的它，當然已經不同，即便形式上走回了原貌，抽刀斷水水更流，它也不再是原來之物。世事的變化也許比較像M所熟悉的爵士樂：各種音樂元素經由不斷的混合不斷地再生，終至成熟繁複，令人瞠目結舌。世事亦然，不要再像M那樣想復原已然壓扁的紙杯了，我們必須面對的永遠是全新的未來，我們只能在跟未來的關係中不停地調整、修潤，直到自認爲滿意地取得了一個自由的位置。這是我們唯一能做之事，也是唯有我們才能做好的事。M既感傷又略略興奮地想著。

語境

M跟阿理說這句話時，嘴角忍不住漾出來一點點的笑意：「你不要看到國旗就跳起來嘛。」他說的跳是眞的跳，全身像觸電般從椅子上彈起來至少三公分。在那之前，阿理跑到法蘭克福參加書展，去的時候九月底，路上還看不到國旗，藍天高高，白雲悠悠，感覺是清爽怡人的秋天，沒想回來時進入十月，高架橋上青天白日滿地紅一路迤邐，阿理便跳了起來。

阿理的語言情境與眾不同，這跟他的DNA有絕對的關係。他跟M說，當年還在襁褓，媽媽抱著他坐路邊屋簷下，一個算命仙剛好路過，就地將阿理端詳了半天，嘆道：「這孩子欠日頭……」然後若有所思地看著阿理的媽，說：「否則會是聖人。」

聖人自是有別於凡人。阿理雖不聖亦不遠矣，從此以後他天生註定講話以及行爲舉止都要與人不一樣，這多半是哲學家的模式，就像尼采一回在柏林街頭看到一匹馬，不知道想到什麼，跑過去抱著馬痛哭一頓，哭到停不下來。哲學家總有一套面對世界的方法，他自己知道，別人多半不知道。

M對阿理看到國旗時的反應很感興趣。阿理說國旗有一股很大的能量，亦正亦邪，正的是人對於國家民族美好的幻想，這通常是在國家創建之初的事，然後這樣的國家會逐漸墮落，慢慢正的就變成邪的了。國家的能量有多大，邪惡的力量就有多大，若是變成殖民他人國家的帝國，那一面代表國家、象徵國家的旗子就會讓阿理那樣如觸電般地跳了起來。

這一切都是因為每個人的語境不同所造成的結果，M想。我們其實都活在自己的語言情境中，一件事除非被描述，否則不存在，吳爾芙這樣說。再說下去，一件事除非被說成這樣，否則它就是那樣。人的語言一天到晚辛辛苦苦地為它的主人建構現實。阿理描述國家的語言多半像蜜蜂那般地輕盈又帶刺，很少有哪一個政府的威權不被他螫得千瘡百孔，在那樣的語境中，看到國旗而彈跳一點都不足為奇。

諾特博姆（Cees Nooteboom）的《萬靈節》裡，維克多對阿爾諾說：「你們的詞語一跨過萊茵河就變性了。月光一照到史特拉斯堡，就變成了女性，時間便成了男性，死亡成了女性，陽光變成了陽性……」這是語境，一種可以塑造眞實的內在力量，來無影，去無蹤，不知不覺中便幫我們確立了這個世界裡的許多細節。

什麼是陰？什麼是陽？爲什麼時間是男性？死亡是女性？有分陰陽的語言跟不分陰陽的語言有什麼差別？維克多抱怨荷蘭文虛假地將陰陽一視同仁都不區分，他覺得他錯失了什麼嗎？M想，在男性的時間裡看不看得到死亡女性的眞實全貌？語言讓我們獲得許多事物的細節，但也不可避免地流失了或許更多的細節。這就是人生。語言爲我們蓋了一棟房子，我們住進去，然後逐漸忘記房子外面越來越模糊的點點滴滴，度過一個我們自以爲是的人生。

舒伯特是陰性還是陽性？看看〈菩提樹〉的歌詞：「井旁邊大門前面，有一顆菩提樹，我曾在樹蔭底下，做過甜夢無數。」這是寧靜，寧靜得一切都無法區分，是舒伯特〈冬之旅〉的本質，一種唯有渾厚的男中音方能承載的哲學式情感。他因此是陽性嗎？那巴哈又是陽性還是陰性？崇高的人聲與低沉的風琴一起遁走，交纏得令人心碎，這又是陽性還是陰性？

我們會用怎樣的語言描述速度？馬勒的緩慢如何與阿爾比諾尼的悠緩區分？馬勒的緩慢裡有巨大的痛，那種痛只會化身成夢中的惡魔，它甚至沒有語言，也就是找不到供它藏身的語境，這很弔詭，在現實裡找不到存在空間的東西，卻在夢中引發比現實更龐大的痛楚。M想，這也正是音樂這種語言魔力之所在，它在裡層，像從沙漠底下穿越而過的河流，也許看不到，但巨大的能量始終在。

回到讓阿理跳起來的那一面國旗吧。M想，政治的墮落往往從語言開始，這或許是因爲政治語言有某種本質性的困難。它爲了要追求共識來執行關於眾人之事的議決，常常必須以媚俗，也就是諂媚大眾、討好大眾的語言來描述現實，這會創造出許多虛假的神話，從國族神話到社群神話，那個集合體越大，所創造出來的神話也越大，如果國旗有那麼大的能量，那就是大眾對這個虛浮標誌集體投射所累積的結果。對阿理來說，圍繞在國旗四周的語言情境是全部可以推翻、拆解的。「余致力於國民革命凡四十年，其目的在求中國之自由平等。」這句話下面理應接一句時下年輕人常掛在嘴邊的話：「眞的假的？」

阿理的語境又是眞的假的？尼采抱著馬痛哭，跟阿理看到國旗跳起來，背後不是都有一套自己論述的語彙嗎？這套語彙建立的方式跟各種技能或習慣的養成如出一轍，你如何學會游泳、騎車、握手、煮咖啡……？這些都是一整套的語言，當你在漸進的過程中熟悉了那一套語言之後，就再也離不開它了。更嚴重的，有人甚至會因此而獻身。M說的當然不是指爲游泳或騎車獻身，而是爲某一種語言獻身，譬如說某個主義或某種革命理念。這麼說來，跟獻身（也就是拋頭顱灑熱血）比起來，看到國旗跳起來還算是輕微的反應，這種不顯眼的動作只有自己知道自己在做什麼，別人則渾然不知。或者，因爲動作過於細小又習以爲常，他甚至連自己都不曾察覺。M看阿理的狀況大致上屬於這類。

人往往不斷地用語言榮耀自己，用各種語言，文字的、口頭的、身體的、儀式的……，焦慮的心情常流露在無所不在的語境中。一九八〇年七月莫斯科奧運開幕時，眾人百思不解手持火把的運動員將如何越過看台上滿佈的人群，到達頂端點燃聖火，就這時，一排從上而下的觀眾忽然一起俯下身子，瞬間用背脊搭出層層直達聖火台的階梯，隨後，俊美的運動員在高昂的音樂聲中踩著人體拾級而上，再居高臨下以睥睨天下之姿點燃熊熊聖火，全場歡聲雷動響徹雲霄。這儀式把人體神聖化，在二十世紀再現了一座通天的巴別塔。但那年，美國因抗議蘇聯入侵阿富汗而缺席，用「不在」演繹無所不在的帝國語言，四年後蘇聯以牙還牙，也抵制了美國的洛杉磯奧運。半斤八兩！M想，眞是龜笑鱉無尾啊！

還有一種人用逃避語言來逃避現實。

那年夏天，從松林別館到山下的美崙溪入海口，往往一整個下午都泛著薄薄熱霧，大斜坡轉角那家可以射飛鏢的啤酒屋便成了M的最佳消暑處。有個美國人幫自己取了一個中文名字叫「夏太熱」，每天在亞士都飯店前賣完披薩後便到那裡喝啤酒。他告訴M，他喜歡台灣，討厭美國，「美國國會那一群白癡噁心死了！」他受不了茶黨，受不了大笨蛋布希，他喜歡台灣，台灣沒有這些狗屁倒灶的人和事。他用很慢的英文講，手上抓著厚厚啤酒杯的把手，兩眼往太平洋方向看，往那個方向一直走一直走就是他討厭的美國。

M潑他冷水。跟他說：「那是因爲你的中文不行，你的中文只會在把妹的時候說我愛妳。」也就是說，把妹之外的台灣他完全沒有能力懂。沒有語言要如何了解一個現實呢？更不用說跟那個現實一起哭，一起笑，一起生氣，一起高興了。他聽了若有所思，喝了好大一口啤酒，沒說什麼，大概豁然懂了自己的逃避吧。這年輕的美國人一逃就跨過了海洋，逃得夠遠的。

而有些地方需要用沒有語言的語言去理解。譬如那裡。

經過張瑜家之後右轉，沿著小坡走上去，會看到一大片藍色海洋和一個空空蕩蕩的空間，這時腦子裡的語言改變了，變得比較慢，比較少，甚至就此消失無蹤。人行步道一路往南延伸到南濱，可以讓晨走者從曙光微露走到陽光普照，有足夠的時間寵辱偕忘，把一切都拋得遠遠。步道旁有護欄，靠在上面看海時，往往有大量海風把頭髮吹得如雜草般飛舞，有時甚至要瞇起眼睛不讓風鑽進眼裡。看累了，轉過來仰身面對天空發呆，這時空

曠的感覺達到極點，一整個天空滿滿的空曠，很弔詭不是?滿滿的，卻又空空蕩蕩的。M

想，我們的確可以隨著各式語境變化我們的現實，了解了這一點，世界就變得很豐富了。

旋轉筆桿

有一年暑假M到台北補習班上了兩個月的課之後回到花蓮，不久發現全校同學似乎都會旋轉筆桿這個源自台北的手指運動。所謂旋轉筆桿就是把筆放在手指間，利用姆指與中指的一推一拉，讓它在手掌上兜個圈。這小把戲練熟之後會變成一種下意識的反射動作，手動心不動，姆指中指不停地撥，筆不停地轉，轉筆的同學可能邊轉邊看著國文課本默背，也可能邊轉邊發呆，總之整間昏昏暗暗的教室裡大家都在轉筆，轉到讓人看了頭暈。

這可能是訓導主任曾猴子進來K人的原因，他被轉到昏頭了（他每天要巡視教室好幾趟，看裡頭的人都在幹啥），覺得中華民國的命運就快要被這無厘頭的旋轉筆桿給轉壞了。那是一個老師可以隨意打學生，政府可以隨意抓百姓的年代，曾猴子進到教室，只因爲學生轉筆桿就打人，倒不是什麼太誇張的事。

M記得，那天曾猴子忽然像個鬼魂般出現在眼前，M有如被午後雷陣雨嚇到的鴨子那樣，脖子伸得長長一愣一愣看人家。曾猴子冷冷的嘴角剎那間顯露出他謠傳已久的情治人員背景。那是他發怒前寧靜的一刻，只維持了短短數秒，很快地，他搶下M手中的筆，如同搶下歹徒手中的匕首般，忿忿地斥喝全班：「轉什麼轉！給我放下！」在怒罵的同時，他將從M手中搶下的筆，朝M的頭狠狠砸下。之後是不是全班的筆都在瞬間停止轉動，M倒沒注意。

那一年台日斷交，田中角榮宣布與中國關係正常化，從蔣介石到張群、何應欽，這些唸過日本振武士官學校的人全都束手無策，只能一愣一愣地挨打，跟M被曾猴子K頭的情境很像。

黃昏放學時，M到車棚牽腳踏車，手還不時撫摸著微痛的額頭。跨上車騎出校門後，順著亞士都飯店前的坡道滑到海岸路，風迎面拂來，涼爽的觸感在傷口上持續提醒M下午在教室裡遭受的羞辱。一會兒過了中正橋，花蓮女中後門看到許多穿白衣黑裙的女生走在北濱街上。那款衣飾有學生制服中少見的腰身設計，有一年M到越南，在胡志明市看到幾個穿著白色長衫的女學生過馬路，驚呼那一身打扮怎麼那麼像某一群女人：一群存留在M思春的、青澀的少年時期腦海中的女人。對，她們就是那樣走動，裙擺搖搖，像女子高爾夫球賽廣告上說的。

被曾猴子K的那一年M其實活得有點茫然。跟國中時一樣，他在樂隊吹小喇叭，每天升旗前要先到樂器室拿傢伙。他打開小喇叭的黑色硬盒後，會先將喇叭嘴拿出來噴噴氣，噗嗤噗嗤，然後三根指頭在活塞按鍵上亂壓一通，像在做晨間手指運動。這時會有零星喇叭聲冒出來，或許是土巴號，也可能是豎笛，紊亂煩躁的聲音在樂器室中推擠，被囚禁似的。過沒多久，大家都帶了自己的樂器到了升旗台邊，全校同學也陸續帶隊到操場集合定位，值日教官這時會站在升旗台上發號施令，曾猴子在旁邊看著，通常這些動作會在空氣中塑造出一種懶懶的氛圍。這很弔詭，爲什麼會這樣？在那個軍國意識高漲的年代，每天例行的升降旗典禮怎麼會是那種懶懶的模樣！

在M的記憶裡，那種懶散要到司儀同學高喊「唱——國歌」，阿弄的小鼓細細碎碎地打出前奏，然後大夥一起開口高唱「三民主義，吾黨所宗……」時，才會顯得有一些精神。

後來M懂了，那種懶懶的氛圍跟旋轉筆桿的氣質是相應的。這麼說吧，當年那整個時代的氣質是懶的。懶意味著沒有太多的期望，對未來沒有太多期望的人，自然不會顯露出朝氣蓬勃的模樣。M一定也跟其他同學一樣，在每天的學習中感覺到某種沒太多指望的焦慮情緒，很多事不能做，不能想，就變得懶懶的了。

旋轉筆桿可以讓自己置身度外，從周遭的情境中抽離出來。像美國的棒球選手喜歡嚼口香糖，咀嚼的動作可以對自己和一旁的人傳達「我不在乎」的訊息，然後，便覺得擁有一個自己能完全操控的小世界了。

曾猴子應該是被同學們旋轉筆桿時所流露的冷漠眼神給觸怒。那種表情隱含了高度的獨立性，這樣下去，這些小大人會誰都管不了。有一回志雄看小黃書給曾猴子逮到，他跟拿筆敲M的頭一樣，也狠狠抓著書砸志雄的頭，書上光屁股洋妞的兩條雪白大腿嘩啦啦騎到他脖子上，激出一絲絲情色的漣漪。

接下來曾猴子並沒有憤怒罵人，他冷笑，讓人猜不透地冷笑。然後平靜地說：「看洋妞啊？這事兒我們老祖宗比他們強多了。」空氣中彷彿被灌了冷媒，寂靜的教室裡連蚊子飛過的聲音都聽得到。沒有人知道他的意圖，只覺得他說話神情好像蔣公在廬山宣示新生活運動的模樣。大家謠傳他其實是情治人員出身，誰知道曾經幹過什麼事。那樣的冷笑有一千種可能。

這事情過了很久之後，M心中的羞辱逐漸褪去，他慢慢忘掉曾猴子那當頭一拳所帶來的驚訝與痛楚，而是去想那件事情背後的另一個問題：是誰把那轉筆的動作帶回花蓮？M

認爲正是自己，那年他在媽媽愛心的逼促下，到台北立人補習班足足上了一個暑假的課，立人補習班在忠孝西路，跟還沒有被炸之前的國民黨中央日報大樓只隔了幾間店面，報社大樓裡冷氣足，M中午會走過去看報吹冷氣。後來在補習班裡看見人家轉筆，看著看著就學會了，暑假結束後回到花蓮教人，一傳十，十傳百，傳得比癌細胞還快，沒多久大家都會。可是這個說法並未得到同學承認，或許大家認爲，一個全校，甚至全縣學生都會的動作，怎麼可能就是從身邊這麼平凡的一個人帶進來的。爲什麼不呢？M想，不是我也會是另外一個人啊！他就會比我不平凡嗎？歷史上許多事都需要有人開第一槍，我不但開了第一槍，還挨了第一拳哩。往事如煙，唯羞辱永存。

豐年祭與M的攝影

那張照片拍得有點斜，圍成一圈的人與後面樹下成排的小販好像都往左邊傾斜，再滑下去便會溜出相片外了。卡通片裡看得到這種超現實的場景，大力水手卜派可以從一張照片裡的煙囪噴出，然後彈到北極的雪地裡，逗得大家哈哈大笑。

照片中的少年M與一個肥胖的美國觀光客、阿美皇后許月圓、一個穿了夏威夷花襯衫可能是某個公會理事長的歐吉桑、帶著一頂羽毛帽裸露著上身的阿美青年、幾個略顯亢奮的遊客圍成一個圈圈。天氣是陰的嗎？還是相機簡陋，無法捕捉充分的陽光和光影間稍縱即逝的每一個細節？那張斜向一邊的照片看起來顯得陰涼，跟節慶的氛圍不怎麼搭。這當然是跟美國比，跟從電影中看來的美國花車遊行比，一比就覺得這豐年祭荒疏，人不夠多，物不夠多，沒辦法兜攏成一整波的歡樂空氣。現在看，倒有些德國新電影的感覺，譬如說講一個剛從收容所放出來的人的《史楚錫流浪記》，沒有人注視，沒有人搭理，史楚錫一個人走在清晨無人的馬路上。那股氣氛跟這照片裡的景相似。

靜止的照片無法記得事情的全貌，原本在周遭的人與事，因爲沒有被留在底片上，便一一讓人給忘了。這或許是人類歷史知識的本質，遺漏的永遠比攔住的多。M此刻努力要將照片還原，那是他生命中所遇見，第一個跟國家隆崇大典無關的歡樂嘉年華。雖然都在花崗山這個可以遠眺太平洋的小山丘頂，一樣是數量眾多的人群，一樣是終日縈繞的音樂與舞蹈，他們在豐年祭中所流露與攫取到的，卻迥異於往日習見的軍國大會。

豐年祭是鬆散的。至少從照片上看來是如此。它完全擺脫了國家的意志，這其實是一件頗奇妙的事，當年，豐年祭如何從戒嚴時期國家慶典的節目行程中逸出，以觀光爲名，哼唱自己的歌謠，悄悄改變社會的某種潛質，變鬆，變軟，這算是一件奇妙的事吧？在那孤苦的年代。

那一年之後很久，M微逼中年時，在一場酒宴中遇見那位相片裡與胖嘟嘟外國人牽手跳舞的阿美皇后。從她銀亮的音色中，M回想到她當時站在司令台上用英文致詞的模樣。那是一個競賽，或許如傅柯所說，競賽可以制度性地馴化某種社會所不樂見的特質，譬如色情或暴力之類的事。可以將其收編，納爲好友，在分不清主從的情況下，大家變得更團結、更一體、更有力。這樣的政治用意是有的，即便策劃的是有說有笑的嘉年華。

聊起來，阿美皇后還記得當時M開鞋店的家。她盈盈地笑：「千人大舞蹈耶，不簡單，一千個人的球鞋全部在你家買。」M想，跳豐年祭舞蹈的鞋子好像可以象徵點什麼，那時候愛迪達還沒來，當然也沒耐吉，沒有王建民或林書豪，一個少棒隊的比賽就可以將大家半夜喚醒，以同仇敵愾共赴國難的心情面對同樣是十二歲小孩的敵人，眞的是一個激動的年代，眞的是。

所以，球鞋象徵新興國家無窮的能量，是一切超越的基礎。運動即國力，運動即戰鬥。運動比戰爭斯文許多，至少不死人，但本質一樣。在那個孤苦的年代，輸掉一場孩子的比賽，全島的人可以個個如喪考妣，一副國之將亡的樣子。棒球是該這麼打的嗎？村上春樹說他是在外野看棒球的某個片刻決定當小說家的，寫小說跟棒球有什麼關係？應該說它們都是自由的，自由寫小說，自由看棒球，那，看小孩子的棒球比賽看到哭成一團怎麼會自由呢？一個孤苦而不自由的年代！

豐年祭因此顯得健康，健康得像一大段的爵士樂。聽過加農砲艾德利？艾德利和他的朋友某個黃昏在小鎮閒逛，薩克斯風與鼓、鋼琴、貝斯若有似無地扣著，一下濃一下淡，旋律如緩行的彩蛇在音符間前進，爵士樂晃起來的時候就這模樣，像照片裡豐年祭的音樂。阿美族的舞步輕緩，兩手左右微擺，雙腳隨之踏移，兩邊的人要應和你的律動，一個圈圈的人像交纏在一起，卻又彷彿隨時可以分開，隨時可以停歇——畢竟只是節慶的嘉年華，不必要像軍國體制裡的立正稍息，用口號、命令將一大群人緊緊地套牢。

過了那麼多年後M就從這裡開始想：豐年祭出現在部落之外，出現在像花崗山這樣的市民空間中，帶出跟某些爵士樂相類似的情境，能否看成是台灣社會體質逐漸在變化的一個徵兆？就像小鎮的商店，從全年無休演進到每月公休一日，然後每週公休一日，接著忽悠之間全台灣就躍入了週休二日的時代，讓許多人愉悅地調整了人生價值的軸線，至於說到以小清新、小確幸爲日常生活的底蘊，則是又更後面的事了。

M因此在那張照片中找到一個已然被遺忘的脈絡。的確，在他居住的這個島嶼上，多年來如潮水般一波波湧過的歷史中隱藏著許多荒謬，卡繆式的荒謬，也就是像小說裡那個在北非海邊，只因爲耀眼的陽光，莫名其妙就殺了人的主角莫梭那樣的荒謬。一些莫名其妙的因子，因爲無法解釋的偶然，在這個小島上撞擊在一起，島上的人爲此而數百年沒有當家做主的位置。沒錯，M腦裡想的是政治，這裡的人在歷史上沒有後殖民論述中不斷述說的那種主體性。他們的命運跟著海潮隨波逐流，有如瓶中書，那些載滿文字與意見的書稿，要等待潮汐的溫度、流量、方向來決定它的未來。莫梭用槍響既詮釋也反抗了這個世界必然的荒謬，M心裡問：「那我們呢？」我們用什麼來陳述對這一切的不滿呢？

這張豐年祭的照片給了M豐沛的靈感。那些圍成一圈快樂地跳著迎賓舞的阿美舞者和賓客，讓M體會到某種從軍國主義的煙硝味中逃逸出來的氛圍。山雨欲來風滿樓，春江水暖鴨先知，時代要幻變之前，總會顯現出一些徵兆。這就對了。相對於當時在許多軍事要塞、港區，乃至於街頭都看得見的鐵絲網拒馬，那張照片所蕩漾出來的氣氛帶給了M些許快樂的心情。M豁然懂了，許久前，在他還是個兒童時，有一天學校的操場掛出「新、速、實、簡」四個大字，老師說這是「新生活運動」的宗旨。多年後，M看著這張歡樂的豐年祭照片，逆向地去理解什麼是「新速實簡的新生活」：沒有傳統與過去的、不得有空思考的、不能遙望天邊幻想的、不能有額外心思或念頭的，就像兒時隨口即哼的歌詞「爲了生存，爲了自由，大家一起來戰鬥」，所有的自由與快樂全部不給，大家只爲那位所有秩序、法律的最後仲裁者效命，什麼都是他說了算，像豐年祭那樣私自的唱歌與跳舞是不曾有的。

那張黑白照片很小，比後來M習慣的三乘五尺寸還小，有點泛黃，甚至邊緣已經有一些缺損的凹痕。卑微的模樣讓M覺得彷彿是一個膽怯的隱喻，它其實有意預告一個快樂開放時代的即將到臨，但在那種過於虛假的情境中，也只能用暗沉的嗓音唱歌。證諸後來的歷史，眞的，後來的歷史不一樣了，在那樣的家族與那樣的威權走了之後，這座島嶼逐漸恢復血色，大家慢慢有餘裕去想「我是誰」的問題，一個一個新穎又有活力的提問出現在島上的公共論壇。唱自己的歌，說自己的話吧。就像後來大家的照片也慢慢轉入彩色，五彩繽紛的世界一步一步開展，世界越來越接近我們所應該認識的世界。M這張照片裡的低調氣質悄然淡出，化成一個芝麻大的記憶，鑽入M的腦海，有時出來嗡嗡響著，讓M無意中再看到這張照片時，禁不住沉思良久。

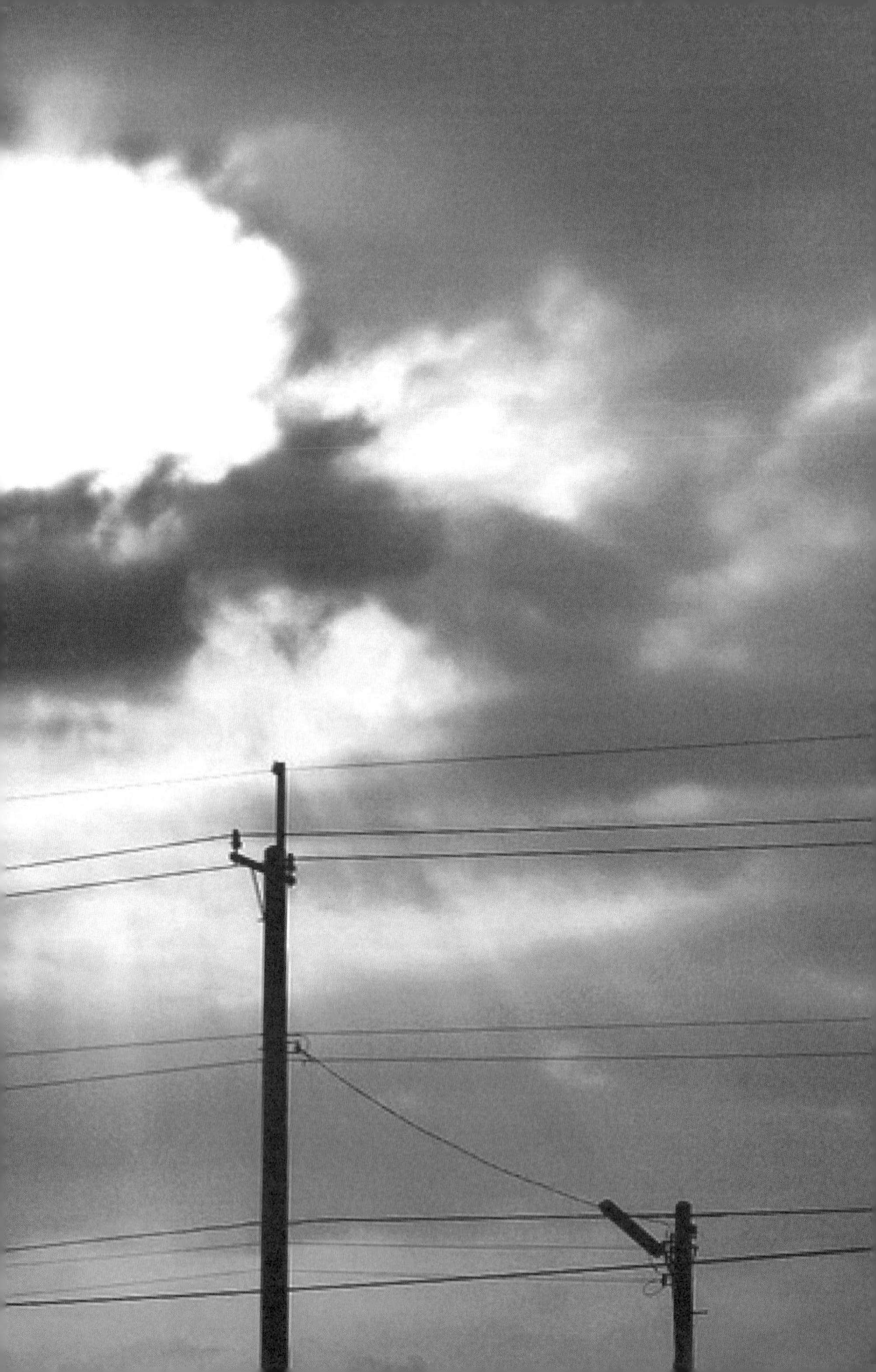

河岸花園了

張彬走到橋邊停了下來。傍晚六點不到，天還很亮，亮得白晃晃地不像待會兒家家戶戶就要吃晚飯。這兩天空氣很好，一整天陽光大剌剌撲面而來，吹風似的。河兩邊各有一條路，放學後的學生貼著路邊欄杆走，邊走邊看一旁潺潺流動的河水，眼力好的或許還可以瞧見水裡的魚。張彬就這樣在橋邊站著，他做什麼來的？他來這裡看河的兩岸，看這條河在前方緩緩流入海洋的景象。優雅緩慢，有那麼一點歐洲小鎮的意思。有一年張彬到法國德國玩，在史特拉斯堡看到也是這樣的一條小河流過市中心，河岸兩邊掛了一排彩色旗幟，每支旗的背後應該都有故事。張彬沒懂那麼多，他只簡單想到一八七〇年的普法戰爭，法國戰敗，把阿爾薩斯跟洛林兩個省割給普魯士，史特拉斯堡在阿爾薩斯裡邊，就這樣送給了德國。張彬當年國中的國文課本有一課叫「最後一課」就講這事，哀痛的法國老師在政權移轉前夕告訴學生：「不要忘了你們是法國人。」現在這裡的法國學生吃德國豬腳時還記得這一段嗎？

張彬閃過史特拉斯堡的記憶時心裡掠過一股很淡的喜悅。陽光漸小，比較有夕陽西下的氛圍了。前兩天縣長要他想想在這河兩岸弄個花園咖啡區的可能性，大概就像史特拉斯堡把貫穿市區的小河弄得美美的那樣吧。讓岸邊可以賣點什麼，一路迤邐下去，賣咖啡，賣報紙雜誌，賣跳蚤市場裡的一些小東西。「就是不要啤酒啦！」縣長開會時說。「喝酒會吵人。」這倒是。不過吵也有吵的好處，這小鎮有時太沒聲音，觀光客不來時，靜得像廢棄的小學。張彬有時上班時間出縣府辦事，鬧區街道看不見人，偶爾經過一兩個到市場買菜的老太太，走路走得像電影裡的慢動作，讓喀拉喀拉響的公車得小心翼翼地閃著前進。這樣的小市鎮要怎麼規劃才像個樣子？弄個河岸咖啡花園特別好？

前面是海，站這裡看不到，但張彬腦裡知道前面是一大片一大片的海。小鎮就這點好，在海邊。像年輕人說的：你住海邊？管很大喔！一大片一大片的藍色都歸你管。假日時張彬常到海邊眺望遠方，有時甚至刻意到碼頭聞一種氣味，那氣味把陽光、海風、輪機燃油、纜繩、鋼鐵、貨倉全揉搓一起，聞了之後很快就想到遠方，多遠？差不多有馬可波羅那麼遠。馬可波羅從威尼斯出發，經過波斯、巴比倫、敘利亞、烏茲別克、塔克拉馬干沙漠，到了大都，見到忽必烈。遠嗎？當然遠。可是想想又很近，其實全世界的大海都連著，一艘船晃呀晃地，晃久了便處處皆可達。用想的更快，伸手就可以摸到熱那亞。

張彬逐漸在享受想像的樂趣。縣長說：「我看我們這裡不輸歐洲啊！你看那河漂亮得像什麼。張科長，你們科真該好好規劃一下。」所以張彬今天來了。他腦裡有座想像的城市正像朵花般緩緩綻放：街角一間四面是玻璃的小屋，裡邊一堆爬上爬下的貓。一排各種不同鮮艷色彩的沙灘椅（所以就連接著一大片土灰色彷彿冒著蒸汽的海岸）。「然後有幾個可以盪得很高的鞦韆，」張彬想。然後有幾家賣各類雜誌的書報攤，那些雜誌從展示身體、各類精品，到討論社會問題、討論哲學的都有。也有賣二手衣物的店，一些漂亮女人穿過用過的皮包和大衣在店裡交織出一種詭譎芬芳的氣味，隨著空氣的流動飄竄到街上。當然也有吃飯的餐館，賣大滷麵片、炒米粉、和式拉麵、普羅旺斯鴨腿沙鍋、德國香腸，能端出來的都混到一塊。城市如綻放的花朵。公務員觀光旅遊科科長張彬站在這有點海風也有點陽光的河岸，依據縣長的指示在這裡想像一座花園，甚至是一座花園城市。

馬可波羅來到大都時看到了什麼？會講蒙古話的鸚鵡在煙塵迷濛的路邊伴著賣餡餅的老伯做生意。一匹匹肥壯的馬如烏雲般打從眼前掠過。連著好幾家酒香四溢的飯館不停地用氣味呼喚旅客轆轆的飢腸。幾個伊斯蘭商人默默前行。不畏冷的小孩臉蛋紅通通地在風中跑步嬉戲。或許馬可波羅耳裡聽到一些音樂，混雜的旋律，不那麼漢人，也不那麼蒙古人，不少中亞的感覺在其中，讓歐洲來的馬可先生摸不著頭緒，好神祕的東方，好神祕的忽必烈啊！城裡熱鬧至極，一入夜燈紅酒綠，人全都被金碧輝煌的光線給包圍了。張彬想：「甚至，它當年說不定有個地標，像巴西里約熱內盧的耶穌像那樣，高高在山上，從市區的任何一個角落看都看得到。」那地標也許就是忽必烈的雕像，跟耶穌一樣，忽必烈展開雙臂，如體操選手般一個跳躍大翻身，然後很慢很慢地落到某個山頭。就這樣確立了他屹立許久的統治權威。

所以，一座城要有一座城的樣子。張彬想。大城像大城，小鎮像小鎮。不管是濱海的、依山的、臨湖的、安靜的、不甘寂寞的，都應該盡心盡力爲自己的市容尋找一個模樣。

張彬認爲自己是適合做這件事的。以前這城裡每逢十月便有許多遊行時，張彬的巧手以及富有想像力的腦袋常常能爲自己的班級貢獻許多設計的點子。一年一度的提燈遊行提供當時窘迫慌張的社會一個集體幻想的歡樂嘉年華，一個關於國家前途的幻想嘉年華。張彬的班上做過一個燈，以秋海棠葉形爲底座，中央部位（南京嗎？）聳立了一座高塔，像古典造型的什麼什麼樓，又像阿波羅火箭，總之在想像中那是一種巨大的力量，可以雄壯威武地在夜間的遊行中被高高抬著。教工藝的廖老師看見時輕輕「哇」了一聲，多年後張彬想起來，覺得那聲音裡帶了點驚懼，爲什麼？不就是一個歡樂的、慶祝偉人華誕的嘉年華會嗎？爲什麼要「哇」那樣子驚懼？那年代處處引人驚懼是嗎？

處處有偉人銅像。小心，偉人就在你身邊。偉人領導我們的想像，想像我們的家園，想像我們家園的未來。跟〈創世紀〉裡說的一樣：「神說，要有光，就有了光。」偉人說，要有未來，我們就有了未來。我們的未來不在這裡，在海的那一邊，我們在這一邊的辛勞，通通是爲了等待未來在那一邊的幸福。

這些有著微刺感覺的記憶在張彬腦裡透明地飄浮。現在沒有偉人了。縣長不是偉人，他花了好大力氣選舉，累得像條狗似地才選上縣長。他要張彬在河岸創造一個小小的幸福園區，不需要橫越海洋，就只要在這河岸，讓這條通往太平洋的河流，也可以像許多先進國家一樣，在尋常的一個角落，安安靜靜地讓人飲食、玩樂，享受幸福。

張彬嘴唇漾出一點笑容。他仍站在橋邊看著遠遠的天際線，從他身邊走過的學生越來越少。一個個都回到家了吧。孩子回到家，走進書房，攤開該溫習的書，依照大人規劃的進度成長。明天考地理，後天考英文，大後天考數學。人類需要規劃，需要一個又一個最後無疾而終的規劃。有規劃才有想像，有想像才有快樂。我們持續不斷的快樂來自持續不斷的規劃。張彬想到小學六年級坐在他隔壁的女生鄭春惠，她喜歡在紙上畫她長大以後的家，有書房，有臥室，屋兩邊有翹翹的屋簷，還用粉蠟筆上色，五彩繽紛不像當時現實裡的房子。鄭春惠一天畫一張，畫好便遞給張彬看，有幾張畫得眞好，看得張彬超嚮往。

當時報上常看到一個「光復大陸設計研究委員會」，張彬後來知道，那是一個討論有朝一日反攻大陸後該如何經營管理那一大片土地的組織，直屬總統府，煞有介事地分成內政組、國際關係組、軍事組、財政組……。聚在一起討論的人一年老過一年，聲音漸漸淡出，後來跟春夢一樣，一點痕跡都沒留下，就不見了。

張彬想，我跟他們不同。我所想像的是眼前的花園，那花園源自夢與現實，形上形下三位一體，可近可遠，既虛構又眞實。當我們一步一步將它打造出來之後，河岸這一帶會因爲許多人的到訪而提高平均溫度一度，彼此之間總是覺得無比溫暖。而藍色的海在這裡是那麼重要，張彬想，那就應該建造一個很高很高的平台，像巴比倫的空中花園，讓喜歡看海的人可以從上面眺望遠方的太平洋。空中花園裡有各種花卉，能一一呼應小鎮居民的各種特質。譬如說向日葵的明亮開朗、牽牛花的親切自然、玫瑰的豔麗、玉蘭花的單純……，坐在花叢中就像坐在鎮上的小咖啡館裡與人聊天。先前張彬想到了鞦韆，對啊！這高高的空中花園還可以架設一個能盪得跟雲一般高的鞦韆。鞦韆盪到最高點時會看到什麼？會看到遠方的海，和鞦韆底下一叢一叢五顏六色的花，以及其中走動的人。鞦韆盪前盪後有兩個最高點，往前盪，往後盪，張彬想著想著覺得有些興奮，這河岸快要有座花園了。快要有座花園了。然後，張彬便坐上鞦韆，從那跟雲一樣高的鞦韆往下看，他看到幾隻梅花鹿在岸邊奔跑，幾個歐吉桑坐在斗笠造型的涼亭下聊天下棋。跳土風舞的媽媽們隨著音樂擺動。一會兒，有一家四口沿著階梯魚貫走進來，爸爸最高，媽媽第二，姐姐第三，弟弟最矮像個小小的冬瓜。張彬的鞦韆盪下來再盪上去，一不小心頭頂撞上了天空厚厚的白雲。五六隻台灣藍鵲剛好像陣風般從前方掠過，一道濃濃的藍色抹過張彬的視網膜，讓他差點睜不開眼睛。這能擺盪得那麼高的鞦韆眞好眞自由，尤其架在這平台上就什麼都看得到了。隨後張彬聞到一股甜膩的蔗糖味，可不是？遠遠那邊的糖廠煙囪正在冒白煙，一根根甘蔗被送進機器裡壓榨、加熱、沉澱、結晶、乾燥，就變成白花花人見人愛的糖。那是以前的糖廠，現在糖廠不做糖了，糖廠賣冰棒，賣旅遊觀光的東西，也挺好的，妹妹揹著洋娃娃，走到糖廠來看花，很好啊。

還看到什麼了？在這座縣長要他規劃的城市花園裡還會看到什麼？腦裡才想著，張彬一下便在空中看到了最南端的大港口，秀姑巒溪從紅色的拱橋下靜靜流過，看過去有個晃動的人影，會是他嗎？當年那個原本要到沖繩卻漂流到東海岸的日本人，他後來死心塌地在這裡住了好多年，回日本後還寫書告訴人家這裡有多奇妙。還是另一個到台灣探險的波蘭侯爵貝尼奧斯基？這傢伙誘拐將軍的女兒被關入大牢，逃獄後夥同二十幾個亡命之徒劫船往太平洋走，來到北回歸線的秀姑巒溪溪口，決定上岸尋寶……。還是英國人荷恩？那個想跟幾個噶瑪蘭人、蘇格蘭人、美國人、墨西哥人在東海岸建立一個王國的不列顛狂人。

這些是歷史，也是現實，張彬想。當他這座花園建造好時，所有可能存在的有趣的事物通通會在這裡頭。它跟各地城市裡的東西不同，世界上所有城市裡的東西都是純然現實，橋是橋，路是路，車是車，人是人。而它不是，它跟靈魂或者天使一樣，是想像卻又是不一樣的想像，是現實卻又是不一樣的現實。他這會兒站在橋邊遠眺不就這樣？他看著河流緩緩流入大海，也看著一座花園逐步成形，在深邃的視野縱深裡，萬物俱備。有摸得到的，有想得到的。張彬想，誰能跟他一樣，擁有一個像規劃一座河岸花園那麼快樂的工作呢？

蝴蝶球與海海人生

事情要從一大片藍色的海水說起。

許多年來，阿丁每天早上結束美崙山的晨走運動後，便會帶著兩個一元小吃店的水煎包跟一杯7-11的咖啡，來到東礦處旁邊的一棵樹下，邊看著浩瀚的海水，邊想著一些如飛蚊症般縈繞在他腦子裡的問題。問題有大有小，有犀牛那麼大，也有螞蟻那麼小的。那天阿丁想的是藍鳥隊迪奇的蝴蝶球跟萊布尼茲哲學的關係這個大哉問，比孔子入太廟每事必問還更大哉、更複雜哉的問。

會這麼問是有原因的。

阿丁小學三、四年級左右就迷上棒球，這段歷史雖然沒有嘉農棒球打入甲子園決賽那麼悠久，不過偶爾跟兒孫輩聊起來也頗能唬人（孩子！我讀大學時的總統是蔣中正哪！）。這使得阿丁從小閒閒便會想著一些棒球的問題：球爲什麼會下墜？爲什麼會轉彎？阿德古（明義國小校隊王牌投手）的速球會跑得比颱風快嗎？捕手除了接球之外都在想什麼？外野手站著不動會不會被小黑蚊咬？小小的腦袋瓜常常不得閒。

隨著年齡增長，問題自然由淺入深，從形而下登入形而上，逐漸有些哲學式（似）的問題闖到腦裡去。這當然主要跟阿丁在蔣公還在世的最後一次聯考，莫名其妙（跟莫名其妙看到流星、莫名其妙被狗咬有著一模一樣的本質）考上指南宮下方一所大學的哲學系有著絕對關係。唸了四年哲學之後，阿丁變了，變得連他阿嬤都不認得他了。他臉上不時會出現似笑非笑的表情，這顯示他腦裡隨時掛著許多懸而未解的哲學問題。而奇妙的是，阿丁後來發現這些問題似乎可以跟他從小著迷的棒球發生關係，這個發現就像一個人發現吃冰淇淋可以救國一樣，著實令人雀躍，也令人動容。從此以後，他開始有事沒事便將哲學連結到棒球、足球、保齡球……，或更多看起來風馬牛不相及的問題，藍迪與黑格爾齊飛，蝴蝶球共哲學一色，加上阿丁近年來每日晨走後的濱海藍色早餐，那天那個大哉問便這樣產生了。

什麼是蝴蝶球？它跟蝴蝶結一點關係也沒，跟飄來飄去像阿飄的蝴蝶倒有命名上的關聯。跟據維基百科（啊！這不可思議的平台，那麼平易近人地將所有正確的、錯誤的、神聖的、污穢的、可說的、不可說的、說得清楚的、說不清楚的全放在一起）的解釋：蝴蝶球是：「棒球中的一種球路，一種特殊變化球，球速不快，其重點在於盡量減少球在飛行運程中的旋轉，造成球出現不穩定、無法預測的運動。」

更專業的解析必須抬出美國大聯盟的PITCHf/x系統，這個可以直接測量球體的初速、末速、自旋圈數、出手點和落點等等的攝影設備，告訴我們造成蝴蝶球跟阿飄一樣胡亂飄的關鍵，在於球出手後的自旋圈數，它的圈數只要少半圈，進了本壘板之後，球便會往左或往右偏移零點七英呎，差不多是半個本壘板的距離。

看吧！這蝴蝶球造成了多麼偉大的蝴蝶效應：一隻蝴蝶在北京上空拍了一下翅膀，二十年後在紐約引起了一場暴風雪（這聽起來的確是滿像近二十年來北京之大國崛起在紐約證券交易所上空所造成的風暴），蝴蝶球在投手出手的那剎那只要少半圈，到了打擊手前面便會硬是晃移了半個本壘版之遙，搞得人家頭暈目眩，怎麼打都打不到，堪稱以微小差異造成巨大影響的範例。

這事情表示什麼？表示宇宙中萬物皆相關，每件事情的旁邊都不是絕對的虛空，物與物之間連接不斷，像〈中華民國頌〉裡唱的「喜瑪拉雅山，峰峰相連到天邊」。所以球體的轉數雖然只少了一些，但接下來就有一堆影響後果的因素沿路發酵，包括大氣與縫線擦拭所產生的效應、風的推波助瀾，甚至濕度的全程阻擾……等等，終至不可收拾。若非萬事萬物緊密相連，這些變數如何像雪球般越滾越大？渾沌理論是這麼說的。

阿丁把這些道理想通之後，人生小小的豁然開朗，高興得趕緊又去買了一顆明昇煎包，在一大片蔚藍海水的映照與煎包的逼人香氣中，回想哲學史中幾個跟這個問題好像相關的哲學家。

他首先想到了萊布尼茲，一個喜歡用法文寫作的德國哲學家，他發明了微積分，提出了二進位制的計算法（這玩意兒很奇妙地同時被人在古老的易經跟現代的計算機中發現），還有接下來要講的、跟藍迪的蝴蝶球相關的「單子論」。

「單子論」是啥碗糕？

這個句型「□□是啥碗糕？」是阿丁思索問題的起點。四年哲學系唸下來，他有一個對世界哲學史極有貢獻的結論，就是，他阿丁認為，一個哲學家提出來的哲學理論如果要有意義，一定要讓人家知道他在問什麼？也就是，他要處理什麼問題？

這個問題通常可以用簡明的方式回答。

「單子論」就是要回答「這個世界是由什麼組成的？」這個問題。如果加入一個大家都聽不懂，哲學家卻一天到晚掛在嘴邊的詞兒「實體」（substance），那這問題可以翻譯得哲學一點，也就是霧煞煞一點，變成：「這世界的實體是什麼？」這樣聽起來就滿像阿丁唸了四年的哲學系語言了。

這個問題很重要嗎？當然很重要！因爲哲學的工作就是要解釋這個世界，如果你連世界是由什麼組成，都咿咿呀呀地說不清楚，誰還在乎你是一個哲學家呢？就像基督教說這個世界是由上帝創造出來的，不管是創造出來，還是拼湊出來的，你總要給個說法，人家才會相信你嘛。

萊布尼茲說，這個世界是由「單子」（monad）組成的。單子有很多種，從低級一點的無生物單子，到高級一點的動物或人的單子，到最高級的上帝的單子不一而足。這無數的單子彼此之間是連續的、沒有「虛空」的存在（一些哲學家很怕「虛空」的存在，因爲這樣表示他們的解釋體系不夠完備，有些東西還沒講出來），我泥中有你，你泥中有我，水啦！這一來，大家全黏在一起，世界一家了。

萊布尼茲就是在這裡跟藍迪產生關係的。也就是說，不管你是從單子論切入，或是從蝴蝶球切入，都能夠體會到萬事萬物之間那種彼此相連的感覺（問世間情是何物？不過就是一物剋一物）。傑克，這眞是太神奇了！哲學跟體育在這裡有了交集。

深思的阿丁從這裡想到更進一步的問題：如果世界的內容眞是如此連續，那麼，在這個環結中的每一個個人，要如何承擔自己的道德義務呢？一個蝴蝶球沒丟好，從出手到進本壘板，有太多影響結果的連續性因素，那單獨的一個因素算什麼呢？一件事如果沒喬好，要算哪個單子的責任呢？漢娜．鄂蘭在旁聽了納粹大屠殺的要角艾希曼的審判過程後，提出「惡的平庸性」一詞：在一個龐大的殺人機器運轉過程中，我們要如何看待這些處在連續狀態中的惡？一個人犯罪之前可能受到許多原因影響（人或事），那麼這些原因是否要連帶地負擔起責任呢？漢娜．鄂蘭的問題跟阿丁一樣嗎？

這個問題的可能答案有N種，不同的答案會形成不同的體系。哲學就是這麼回事，當你提出一個理論模式要解釋世界時，如果有人（別人或自己）問了一個你難以回答的問題，你就必須修正，必須把說不通的喬到說得通，硬拗也要拗到通，否則如何跟人家交待？所謂「吾道一以貫之」，多半是這麼回事，沒什麼太神聖的。

問題是，當你在種種可能的答案中選擇了一個，就等於為你自己的思想定了一個脈絡，這個脈絡就是你觀看世界的方式。譬如說，如果你同意這世界上所有事情之間，都跟蝴蝶球一樣，有一種蝴蝶效應式的連結，那你可能會是一個萊布尼茲甚至是黑格爾的信徒，也因此會有一種屬於這個思路下的倫理觀，也因而影響了你平時待人接物的方式。這就是哲學：一種解釋世界的方法。而又因為每個人各有不同的觀點，所以這世界便充滿了各種主張的哲學，令人眼花撩亂，目不暇給。

想到這裡，阿丁的腦裡忽然浮出「弱水三千，只取一瓢」這句話，心想，就像我一天只能吃一次這可口的明昇水煎包，唉！人畢竟是有限的，面對一部浩瀚如海的哲學史，究竟我們該如何選擇呢？還沒想好，太陽越來越大，阿丁啥都不想便打道回府了。哲學，再怎麼說都應該是不惱人的哲學呀！

太多

郝強在蘇忠順做完心導管手術的第二天晚上打電話到病房給他。蘇的聲音聽起來很虛，但繼續活下去應該是沒問題的樣子。八點半，東森娛樂台正在演《巡城御史》，李保田裝腹痛，躺在地上哀號著說：「哪裡的黃土不埋人呀！就這裡吧。」郝強也就在這時候從丹田升起了一股想打電話給蘇忠順的強烈欲望。他晚餐時開了一瓶二〇〇三年的Mouton Cardet，而且在看電視新聞和連續劇時不知不覺地把它喝光了。所以當下情緒有些激動：他想到蘇忠順曾經對他的好。五年前，蘇曾經睫毛動都沒動一下地便借了他一百萬元，讓他度過他的會計兼情婦若蘭小姐捲款逃亡所造成的危機。郝強一年三個月之後才還這筆錢，而且只付了象徵性的利息一千元。在這種親兄弟、親兒子、親老婆都必須明算帳的年代，蘇以小學同班同學身分借了他這筆錢，讓郝強覺得他小學六年真是沒有白讀。蘇是上市公司大老闆，用起錢來卻有一種跟他老祖宗蘇東坡一樣的瀟灑勁兒，眞是怪胎。

總之，郝強在酒後撥了那通啜泣的電話。這還眞是有點擦槍走火。照郝強原先的感覺，他頂多是用比較緩慢而深情的語調說出對蘇的關切與不忍（他甚至還很理性地想過「小學同學之間可能有不忍的感情嗎？」這個好像有點無聊的問題），可因爲他喝了一瓶滿滿的Mouton Cardet，每一條血管與微血管裡都充滿著法國酒精的芳香與激情，所以他一聽到蘇虛弱的聲音就哭了。「你爲什麼要把自己累成這個樣子呢？都幾歲了！」郝強近乎嗚咽地說。那種口氣比較像老婆而不像朋友，讓蘇聽起來覺得有點慌，挺不自然的。蘇這幾年跟很多台商一樣，大部分時間待在大陸的長江三角洲拚經濟。三不五時要陪一些高幹喝酒吃飯，讓不勝酒力的蘇有幾次以爲自己會當場醉死在飯桌下。這樣的生活眞會把身體搞成殘花敗柳。

「手術還順利嗎？……我昨天晚上睡覺前有在床邊爲你祈禱啊！」郝強繼續趁著酒意，把一件其實並不眞的存在，而且說出來會有一點害羞的事給說出來了：他居然說他在床邊（那就一定是跪著的喔）爲同學蘇忠順祈禱！蘇聽了顯然很感動，隨即用虛弱的聲音嗯了幾聲以示回應。但這並非事實，事實是郝強「想」在床邊爲蘇祈禱。只是想，他並沒有像很多聖誕卡片裡的小女孩那樣，眞的跪在床邊祈禱上帝降福。可他畢竟這樣說了。說了就讓他覺得自己眞的做了。也因此就這樣被自己感動了。

這所有的感覺在第二天郝強酒醒後都回復到原點。喝醉酒的人在喝酒時講的話會像他手中酒杯裡的酒那樣晃個不停，但第二天醒來後一切都會歸於平靜。再誇張的醉鬼都會變成溫馴的小貓，「今是而昨非」的感覺會像符咒般在腦裡縈迴不止。郝強並不例外。他一早醒來想到昨天晚上對蘇講的話，在確定那些話並非夢中所說之後，他開始覺得臉紅不好意思。酒喝太多了，話說太多了，昨天一整晚的所作所爲都「太多」了。

很多哲學問題可以從這裡開始探討。就像郝強在酒後用愛人般的語言對蘇說了一些關心的話，酒醒之後因而覺得不好意思。人做錯事情往往也跟郝強一樣，只是因爲衝過頭。這並非質的問題，而是量的問題。好比吃藥，適量的叫做「藥」，過量的就叫做「毒」。好壞之間但憑拿捏。

金珠打從小學起便嚮往愛情與婚姻，六年級時她坐在我隔壁一整年，那期間起碼在白紙上寫了一百個她未來兒子跟女兒的名字給我看。藉由這樣的命名跟書寫，她得以持續不斷地跟想像中的白馬王子談戀愛。「我跟他決定，生女兒的話就叫做思涵……」她三不五時便會類似這樣喃喃自語，然後把寫有名字的小白紙遞到我眼前，再別過頭，用手掌托住下巴，失神地遙望窗外天空，直到我大聲喊她「阿珠啊喂」才醒過來。

我相信這種浪漫情懷正是她日後連看三十遍《梁山伯與祝英台》的堅實基礎。整部電影她最喜歡看的是祝英台撞墳墓，然後跟梁山伯一起化身爲蝴蝶的那一段。爲了這段感人肺腑的情節，金珠同學起碼用掉了五瓶的「新一點靈B12」眼藥水，以拯救她那每次走出戲院都紅腫得像水蜜桃的靈魂之窗。

不同年紀、不同種族、不同階級、不同性別、不同地區、不同DNA的人，各自會用不同的角度看待祝英台的撞墳事件，並非每個人都會像金珠那樣以祝英台爲典範。總有那麼一些看破情關的人，會認爲梁祝二人在愛情一事上太過執著於虛妄假象，誠不足取。或者有人會認爲愛情不過就像一些歐美科學家研究所發現的，無非是有週期的內分泌現象罷了，過了就消失，何足以讓人以身殉情呢？從他們的觀點看金珠，這一切當然就是「太多」了。可我們家金珠當然不會同意這種說法。她如果是祝英台，一定會跳出來，像阿扁廢國統會之後當著馬英九的面嗆聲那樣，連喊四遍：「我這樣做錯了嗎？我這樣做錯了嗎？……」

祝英台沒錯，金珠也沒錯。每個人的世界原本就是每個人想像的結果。「我欲爽斯爽至矣」，人能夠活到這種地步，說起來算是一件可喜可賀之事。怕只怕有人會以今日之我跟昨日之我挑戰，昨天爽的今天不一定爽，他可能像郝強那樣，第二天酒醒後，爲前一天說了太多的話而羞得像小姑娘似的。那種懊惱縱然不能說是錐心，至少也像被狠狠地捏了一下大腿，肯定是到隔天洗澡時都還難以忘記的。

一些有智慧的哲學大師、生活大師也就是在這樣的基礎上出來（從書裡出來，從講堂裡出來，從收音機裡出來，從電視裡出來。這年頭隨時會有人從不同的地方冒出來告訴你該如何生活）提醒大家凡事要適可而止。吃豬腳要適可而止。打牌要適可而止。工作賺錢要適可而止。高興要適可而止。憂鬱要適可而止……。天可憐見，為了你祖嬤的緣故，大家凡事要節制。可以吃的東西儘管吃，就是不要吃太飽。可以做的事儘管做，就是不要做太累。大師們苦口婆心，無非是怕眾生自陷迷障。苦海無邊，人的力氣有限，一旦漂遠了，那可就再回一百個頭也到不了岸囉。

但人畢竟是人，雖然亞里士多德說「人是有理性的動物」，但他忘了說這理性不管白天黑夜都經常在睡覺。當理性睡著時，人就處在佛家所謂的「無明」狀態，無明耶！一片黑漆麻烏的，我們怎麼可能把事情做妥當呢？所以在現實中，我們發現有太多人把太多事情做成「太多」的狀態：癡情男抓著被他折磨得不成人形的女孩喊著：「涵！我太愛妳了，我太愛你了……」滿腦子A片畫面的大二男生焦慮地告訴心理醫師：「我每天自慰三次，怎麼辦？太多了，太多了……」懊惱的阿公告訴阿媽：「我剛剛在『萬年豬腳滷』吃了三百塊錢的豬腳，唉！吃太多了，膽固醇又要升高了。」酒醒之後，覺得心靈空虛得像太魯閣峽谷的阿順仔發誓：「從今天起再也不要喝那麼多酒了……」甚至，養了一隻馬爾濟斯的秋玲小姐都曾經用抱歉的口吻對她的寶貝說：「親愛的，對不起。我就是每天讓你吃太多肉肉，才害你現在有高血壓、糖尿病的……」

這些事情從來沒有，以後也不會在人類的生活中絕跡。只要人存有欲望，就永遠會在太多與不多之間掙扎。這或許不是壞事，畢竟，如果沒有「太多」，怎麼會襯托出「不多」的可貴呢？就像這社會要是沒了壞人，那好人豈不就變得一文不值？這樣說是不是扯太多了？

某貴婦阿秀的寫真集

阿秀打開美美的相簿時，一桌子同學全都驚呼起來，阿山哥帶頭喊：「有水無？」「有喔……」「子孫有出狀元無？」「有喔……」那是阿秀去年到相館拍的個人寫眞集，她歡歡喜喜地拿到畢業三十八年的小學同學會（也就是在場的每一個人都已半百）餐桌上。科技源自於人性，她李秀秀臉上的皺紋被高科技很人性地磨平了，這些照片可以證明，只要肯用心，肯出錢，大家都可以是帥哥美女。

阿秀有絕對的理由可以因爲這組美麗的照片而自負，她被生活重擔壓得太慘了，坎坷的生活讓她從小時候大家口中誇讚不已的小美人，變成人見人訝異，鬼見鬼驚奇的中年歐巴桑。她小學四年級坐我旁邊，我跟我姐去看《梁山伯與祝英台》後，第二天到學校告訴她，我認爲她比樂蒂還漂亮。其實不只樂蒂，她一路被拿來跟好多女明星比（唉，眞懷念那個台灣自己有電影明星的年代），從張美瑤比到林青霞，比到銘傳商專時還真的就被廣告公司找去拍了一支「樂可」口香糖的電視廣告。阿秀在裡頭跟好幾個和她長得差不多漂亮的美眉，身穿短裙，腳踩溜冰鞋東南西北亂溜一通，最後全擠在鏡頭前面嘻嘻哈哈大喊「樂可」的英文名字look。雖不是唯一女主角，但在我們的濱海小鎮，這樣的成就已直追奧斯卡了。

我相信這也是阿秀拍寫眞集的深層原因。她有個遙遠而美麗的記憶，在那個記憶國度裡，她阿秀是個備受呵護的小公主。這也是眞的，民國五十幾年，在那個我們東部的紅葉少棒隊還打赤腳拿竹竿玩棒球的年代，她阿秀因爲有個醫生爸爸，有天竟然就穿了絲襪上學。我們漂亮的班導師一看趕緊機會教育，把阿秀叫到講台上，用介紹稀世珍寶的驚訝口氣告訴大家：「看，今天我們阿秀同學身上穿的就是絲襪啦。」（這就是天山雪蓮啦，這就是台灣雲豹啦，這就是十八克拉的大鑽戒啦……）阿秀用淺淺的笑容回應全班同學茫然的眼神，那是一個陽光燦爛的下午，多年以後，每當我閉上眼睛想到那一幕時，我往往錯以爲自己正在看一本描述公主站在城牆上跟子民打招呼的童話。

阿秀的確是公主，可公主也會老，尤其當她給嫁到番邦而飽受折磨之後。唉！其實她阿秀嫁的不是番邦的番王而是醫生啦，嫁給醫生爲什麼會飽受折磨呢？說起來這都是阿秀的命，阿秀那個不太帥的帥哥醫生老公，除了跟全台灣其他三萬五千名醫生一樣會賺錢之外，還更會借錢。這正是阿秀苦命的終極根源，她老公的野心太大了！他剛執業不久，有一個晚上跟阿秀到自強夜市吃蚵仔煎時，不太帥的醫生老公望著眼前熙來攘往的人潮和一顆顆亮得讓人睜不開眼睛的電燈泡，足足發了十分鐘的呆，然後幽幽地自言自語：「那就在這裡蓋一棟商業大樓吧。」這一起心動念，她阿秀從此陷入大樓的魔咒之中。為了這棟樓，夫妻倆背了上億貸款，裡頭一塊塊的銀子幾年後終於把美麗的阿珠壓成駝背的鐘樓怪人。她該怪誰呢？

曾經滄海難為水，除卻美女不是人。唉！曾經美麗過的人對於容顏的毀壞感受特別深。我們一班五十六人，個個都已是年過半百的老娘老翁，為什麼唯獨她阿秀去拍了個人寫眞集呢？這裡頭肯定是有個美麗哀愁的故事。美麗的女人失去美麗就像掉了魂，比〈愛拚才會贏〉歌詞裡說的「無魂有體親像稻草人」還更慘。這正是阿秀去拍寫眞集的眞正意涵，天啊，她其實是在招魂哪⋯⋯

她的招魂姿態眞是美不勝收：穿著一襲蕾絲邊的裙裝斜坐在長長的太妃椅上，眼神微挑，靜默的臉龐不斷迸射出邀約的訊號。也有長褲馬靴一身勁裝，倚著攝影棚裡的布景柵欄，彷彿在草原牧場放牧多年的自由牛仔。而有幾張照片攝影師安排她手抱吉他，一副一九七〇年代美國反越戰民歌手的架勢（她會彈吉他嗎？這種那麼平民化的樂器！天曉得在那個有把口琴吹吹已經很不錯的年代，她阿秀可是會彈鋼琴的哪！）。另外有幾張她正經八百地穿上和服，想念媽媽嗎？還是想念我們那個有很多日本片可以看的童年？宮本武藏、盲劍客、小林旭、黃金孔雀城……當然，女強人阿秀也拍了好多張穿了墊肩套裝看起來效率超高的總經理級玉照，一位又美又會賺錢，去年營業額破三億，今年上看五億的性感CEO阿秀。但其中令大家驚訝到眼珠子都要蹦到地上來的就數那幾張身穿軍裝的野戰造型照。恐怖恐怖，到底發生了什麼事？阿秀的模樣讓我想到鄧麗君，軍中情人鄧麗君好多年前拍過一個電視專輯叫做「君在前哨」，啊，專輯裡頭她就是像阿秀這樣清純的臉蛋搭配全身陽剛的綠色軍服，阿秀一定看過這個專輯，對那樣的高反差效果印象深刻，於是決定以身相許，用一身的年輕美麗報效國家。

這些就是阿秀招魂的全紀錄。感謝上帝，讓人類的攝影科技進步到這種地步（美國的心理學家說：看《侏儸紀公園》長大的那一代孩童，日後腦裡可能眞會相信世上尙有恐龍存在，因爲史匹柏把恐龍拍得太逼眞啦），無中生有，有中生無，活生生地幫我們五十歲的阿秀招回二十五歲的靈魂與肉體。我可以想像當阿秀付了三萬塊錢，隨後像抱著心愛的狗狗那樣，把寫眞集捧在心窩裡走回家時，心裡頭的快樂與幸福有多麼地比空中巴士380

還巨大。回家後，她會先嬌嗔地對老公說：「親愛的老公，把你遺失的記憶找回來吧！我阿秀不是天生黃臉婆喔，我阿秀不是天生黃臉婆喔……你看，你看，你看這些相片，天哪！多美啊！你看這些相片……」悲劇的發生在於：當她老公看過這些相片後，必須抬起頭來看著相片之外，也就是當下眼前的她，然後非常誠懇地說：「啊，這些照片眞是把妳拍得太美了，妳不說，我都認不出是我老婆耶。」

可憐的阿秀被這句老實的話狠狠給中傷了一星期之後決定另起爐灶，要在老公之外重新尋求精神支援，這也就是她興沖沖把寫眞集拿到我們畢業三十八週年同學會餐桌上的原因。這招管用嗎？答案顯然是肯定的。在古早以前那個物資普遍匱乏的年代，我們五十幾個小學同班同學所淬鍊出來的珍貴友誼，在阿秀懷舊寫眞集事件中完全顯現出來。一方面是對當年班花小公主的熱情捧場，一方面也是「有爲者亦若是」地爲自己可能的形象重塑加油打氣，不分男生女生，大家通通給阿秀爆米花般的掌聲。尤其是像梅林啊，春琴啊，素秋啊，幾個看起來有點貴婦架勢的歐巴桑更是圍著阿秀頻頻發問，大夥覺得一個五十歲的女人那麼勇於自我追尋，而且有那麼美好的成績，眞可做爲現代女性的表率。

阿秀這個同學會來對了，她長時間的憂鬱可望一掃而空。從那天起，她用寫眞集取代鏡子，爲的是確保她在自己的腦海裡永遠都那麼青春美麗。世間萬事多半是因信生義，就像一個人信了天主，便會從這「信」裡頭衍生一拖拉庫的倫理道德一樣，她阿秀在我們同學再三的確認當中（「有水無？」「有喔……」）也產生出一個五十歲女人對自己美麗少見的自信，以及因此她該怎麼怎麼做或不該怎麼怎麼做的生活準則。這種態度跟一個有堅定信仰的基督徒毫無二致，我驟然間發現，這本個人寫眞集不但讓我再一次看到阿秀美麗的身影，更是讓我第一次感受到她高尙的靈魂。唉！這樣子跟光陰對幹，眞是不簡單哪！

誰在曼哈頓

理該驚歎的。你想。衣著雅緻的黑人領位員帶你往裡面走，一大片穿過落地窗玻璃的曼哈頓街景瞬間矗立在眼前。艾倫廳。時代華納大廈七樓。看出去是哥倫布圓環與五十九街，四月分的傍晚七點多，天色將暗未暗，街兩側的大樓天際線高低跌宕，資本主義的雄性氣質如華麗的男高音般在天空漫漶。稍晚天暗下，街上的大小燈飾全亮起，色彩繽紛如天女散花。你理該驚歎的，這儞人的大都會像極了高蹈開屏的孔雀，你心想，我們該如何看待那其中所迸發出來的能量與美麗？

鐵琴領軍的四重奏，每個音都小心翼翼，優雅如剪裁合宜的洋裝。觀眾當中有重度爵士樂迷，嘴裡不時細碎呢喃，既附和台上樂音，也呼應體內騷動的靈魂，曲子終了時更會雄渾地耶耶叫好，聲音不特別大，畢竟這個廳一走進來便讓人感覺到某種秩序，一種教養的質感。跟音樂不見得有那麼必然的關係，你想。

Village Vanguard不一樣，它就是格林威治村裡一個不起眼的小店，沒那麼豪華，只給音樂不給其他，官網上說：「我們數十年來從不供應食物，所以如果有人拿漢堡給你，請注意有效期限。」這話好像衝著Blue Note來的，Blue Note賣brunch，可以一邊吃培根起司蛋，一邊聽Yamanaka嬌小的個頭把鋼琴彈得比幻象機過境還響，拍手叫好時可能還滿口的麵包屑。

那晚你坐在對面一家冰淇淋店前的椅子上，等Village Vanguard那邊開門。九點有一場，Paul Motian的四重奏。店八點才開，門很小，小得像防空洞入口，進了門後要沿著窄窄的樓梯往地下室走。稍後陸續有人進去，點杯啤酒，瀏覽牆上爵士名人堂的古聖先賢，坐下來慢慢等。你也走進去，混跡在一片有點熟悉又不太熟悉的語言與體味之中。這大都會裡的小店人都貼著人，吃披薩、喝咖啡、聽音樂，都一個捱著一個。

你想，這些來聽音樂的人是誰？《村聲》雜誌的樂評。馬德里來的背包客。附近某壽司店休假的主廚。華爾街金童。一對愉快的同志。退休的前紐約財政局科長夫婦。一個已經三年無戲可拍的導演。從布魯克林科尼島轉了兩趟車才來到這裡的幼稚園老師。在東村混日子的畫家。遠從東京來觀摩的樂手。或者就像你，一個貼了郵票把自己從小島寄到紐約這座叢林的漂泊靈魂。

後來你發現Paul Motian竟然老了，像個拎著鼓棒的老頑童，鼓點抓得鬆鬆的，不太能想像他曾經是渾身散發革命氣息的鼓手。你知道許多現代的三重奏把各種界線模糊掉，音樂就只是流動，而流動中自有節拍、旋律、呼吸。你想到那一種精采的音樂，忽然覺得老先生在小小的台上有點茫然。鋼琴手比他年輕比他準，老先生就只有微笑比人家和藹可親。也好。

爵士樂在這個城市裡是空氣，是落塵。地鐵站裡常有人玩，你搭車時往往想多聽一會兒，但沒多久車來了，紐約老舊地鐵列車進站時的聲音大過牛叫跟雷鳴，一進了站音樂嘩啦一下完全聽不見，然後你上車，車廂廣播要大家別靠車門，隨後車門關上，車子開走，你想多聽一會兒的地鐵爵士樂便被遠遠拋在後頭了。

還有一種聽爵士樂的方法。

你在湯普森街一棟公寓的某個房間裡有一張書桌、一張床、小型廚具和微波爐、附有蓮蓬頭的淋浴設備，以及一台收音機。於是你設定好FM多少多少千赫，有個男人便一整天喋喋不休地跟你聊爵士、播爵士。每天一進門，在你脫掉襪子之前，你可以先將收音機打開，讓音樂像放滿一泳池的水般滿布你四周，把街上的車聲人聲，乃至於隔壁泰國餐廳冷氣壓縮機的聲音全隔在外面，裡頭就很紐約了。DJ邊放音樂邊跟你扯：今天有個調查報告出爐，去年柯恩眾議員爆料市府清潔隊沒認真鏟雪，上班時間喝咖啡、買啤酒，調查結果查無此事，清潔隊員都很認眞啦。五十八街那家「濃湯達人」（Soupman）今天大優待，任何一款小杯濃湯加義大利麵包只要八塊錢。國防部發言人剛剛說，對付電腦駭客入侵的方式包括用飛彈反擊。來，我們來聽Chalie Parker在一九四六年的幾段錄音，這可是我的珍藏寶貝，你們不要管那沙沙沙的聲音，黑膠唱片嘛，把雜音聽進去便是……

不久後你睡著，做了夢，掉進一個很深很深的都市裡。你初時無法辨識四周景物，不知道這裡是哪裡，離家鄉有多遠，離一大片藍色的海有多遠。但很快地，你腦裡閃過一個念頭，這裡該是曼哈頓吧！看看眼前這畫面：天氣好冷，路邊衣著單薄的建築工人在鷹架下吆喝幹活兒，匡噹的聲響在一大早還有點空曠的街道上引發了一些迴音，氤氳的白色水汽從鏤空的鐵蓋底下冒出。再走過去有一家星巴克，男男女女接續進出，或坐或站在溫暖的屋子裡喝咖啡讀報，看筆電寫mail，搖頭晃腦與人談天。你瞥見窗邊老先生的「每日新聞」頭條，一個黑人媽媽帶了三個幼兒衝入哈德遜河。你輕喟一聲，要多大多有能力的政府才可以讓每一個人民都不會過痛苦的生活？當然，你到曼哈頓不是要來想這些事的。你只是來晃遊，來聽音樂。音樂能解決所有矛盾，跟酒，跟宗教一樣。巴布馬利說，來，到我們加勒比海來，聽雷鬼，喝蘭姆酒，信奉我們的Rastafari，跟湛藍的大海融成一片。可這裡不是快樂的加勒比海，這裡比世界上任何一個地方都要複雜一百倍、一千倍，你夢中的街道不停增生，這裡是哪裡？這裡是超越了快樂與不快樂的曼哈頓。

Marcus Roberts有一晚也在曼哈頓。在Rose Theatre，你看到他帶了一個七、八人的團來到這個復古造型的空間。那晚曲目也復古，跟Bud Powell致敬，全場都是他的音樂。五十年前Bud Powell帶到巴黎去的那個團也差不多是這個陣仗。有伸縮喇叭，有薩克斯風，有鼓有鋼琴，一晚下來幾個樂手輪番上陣煽情演出後，劇院的屋頂都快掀了。觀眾座位有高有低，大大小小的狂吼持續糾纏著台上音樂，交錯成有如阿拉伯織毯般的華麗星空。盲眼的Marcus Roberts帶了墨鏡倒是冷靜優雅，他讓人扶著走上來，結束後扶著走下去，比別的樂手早一步離場，彷彿跟大家說：好好玩吧！我有事先走了。祝你們週末快樂！

你就是因為看到了這些樂手的演出，便把曼哈頓當成爵士樂的城。一個在世俗中對抗世俗的超越城邦。超越，根據康德的說法，是同時擁有經驗與非經驗兩個源頭的。這不就跟爵士這種迷人的音樂一樣嗎？尤其在曼哈頓，你在豐滿的爵士音樂裡聞到了菸味、香水味、汗水味，瞧見一個又一個老邁世故的身影，故事來來去去，抽象的音符緊扣著各自的喟嘆、沉思、憧憬，這樣的音樂忽焉在前，忽焉在後，既形上又形下，恍恍惚惚貼近著心，讓人迷惘得都不想清醒過來了。人生，何其叫人困惑的人生啊。

你偶然地來到了這座城，身處眾多歷歷在目的事件之中，卻又因爲這些每日發生的事件之多之繁複，讓你往往在車水馬龍中懷疑眼前一切的眞實。相對於你島嶼東岸單純的濱海小鎭而言，這裡像個巨大的夢。只有夢中才有這些與你日常經驗迥異的意象吧：那麼龐大的高樓，那麼寬闊的公園，那麼多種的食物，那麼擁擠的大道，那麼複雜不可思議的資本主義商業世界。你用爵士音樂串連這些，在它的內部細細咀嚼你在這座城的經驗與經驗背後的眞實。那樣的矛盾與統一，唯爵士音樂能爲之。誰在曼哈頓？一個爵士樂的幽靈在曼哈頓，在曼哈頓的天空飄盪，終日晃遊，揮之不去……

遍地鐘聲

隔壁美準鐘錶行的歐吉桑有一陣子喜歡把掛在他家騎樓外邊的那口電子鐘調到最大音量，每到整點，那宛如上下課鐘響的聲音就會傳遍從北濱街到中山路底、田埔車站到十六股這一大片廣闊的區域。也就是說，歐吉桑的鐘在中華路一響，大概全花蓮市都聽到了。

我不知道美準歐吉桑是因爲怎樣的靈感，而將他家的鐘調成那麼大聲。或者，他是否曾經在這樣巨大的音響中得到一種發號施令的快感。但事隔多年，我很確定在那段鐘響的日子裡，歐吉桑的鐘聲讓我覺得整個花蓮市更像一個家。那鐘聲裡頭好像有股魔力，一旦響起，在聽得到的範圍裡的人似乎很快便會被馴化到一種節奏和氛圍裡。那感覺有點幽默，有點心照不宣，聽久了會覺得有某個人正在跟你傳送私密訊息，既溫暖又好玩。

美準鐘錶行是老店，開業五十六週年那年，歐吉桑做了一塊招牌，上面用紅漆寫了一排斗大的字：「五十六年的老店」。五十六！不是五十五也不是五十七，就是五十六！我問他：「歐吉桑，你寫五十六，那明年變五十七怎麼辦？」他也說不上來，就站在那口有數字顯示的電子鐘下光笑不答。也許我問的是蠢問題。明年五十七，那再改成五十七不就好了。

從美準沿著博愛街走，到民國路時往右轉，會看到一家法國神父主持的天主堂跟一家洗衣店。洗衣店不大，二十四小時服務，無日無暝，很辛苦的。他門口也掛了一個瘦長的直立招牌，上頭寫「你想什麼時候來洗都可以」。阿丁在台北廣告公司上班，去年中秋節回家路過時看到，一看便不知不覺地把眉頭皺到骨頭裡。他撰寫文案多年，出口成章，告訴我這事時隨口舉例：「他爲什麼不寫個『隨時可洗，方便無比』呢？」我聽了也不知不覺把眉頭皺到骨頭裡。「意思不都一樣嗎？幹嘛那麼文謅謅？字不迷人人自迷。」我提醒阿丁不要墮入文字的迷障裡：「應無所住而生其心。該怎樣就怎樣。你看過光復糖廠那邊賣甘蔗的寫『甜加扣爸』嗎？」「甜加扣爸？」「用台語唸看看吧。」我才瞪他一眼，他就哈哈大笑地懂了。

其實洗衣店隔壁天主堂法國神父的台語能力也好得很。一回我問他一個困惑我二十多年的問題：楚浮的那部片子爲什麼叫《四百擊》？電影裡的青少年學壞跟「四百擊」有什麼關係？他翻開一本中國大陸版的法漢辭典，指著quatre cent coup（四百擊）這個法文片語用台語說：「它的意思就是做歹子啦，像偷竊、呷煙、相打……」然後停了片刻，眼珠骨碌骨碌打轉若有所思，接著說：「還有『開查某』……攏是啦。」稍後我走出教堂時，只覺得陽光燦爛得如同神父普羅旺斯的故鄉，當下感動得差點就這樣皈依了天主。唉！這位六十一年次的神父不是才來台灣沒多久嗎？怎麼那麼會講台語哩？

不久前在一部介紹Stradivarius提琴的片子裡看到義大利小鎮Cremona的風光。小小的街道上聽得到跟美準歐吉桑的電子鐘有異曲同工之妙的教堂鐘聲。兩百多年前，Stradivari在那裡用他過人的天賦做出一把又一把的好琴，兩百多年後這些琴在資本主義市場硬是賣到好幾百萬美金的天價。史先生若地下有知，大概除了拍手叫好之外，還是拍手叫好。可小提琴家Zukerman卻在片中說，他從小因爲崇拜Stradivari，而把Cremona當聖城，長大之後親臨朝聖，赫然發現城裡居民泰半不識Stradivari盛名，這令他驚訝不已。言下似乎頗爲感慨史氏威名竟然不像瑪丹娜那樣連他家隔壁的阿嬤都知道。

這事說起來其實也不奇怪。做爲一名製琴師傅，Stradivari想必跟城裡各行各業的人一樣，每天都很認眞地做自己的工作。但行行出狀元，他在他的領域裡出色當行，倒也未必會讓他擁有眾人皆知的名聲。我想像當時的Cremona就跟花蓮一樣，小小的。十八世紀某一年的某個早上，史先生吃過「美而美」的蛋餅早餐之後，忽然想到一個關於小提琴上漆的問題，於是他在微風輕拂下花了半個小時走到朱里安尼師傅家。這時年事已高的朱兄剛好喝過一杯又黑又濃加了三湯匙白糖的Macchiatto，神清氣爽之餘，便談興大發地跟史氏聊了一個早上關於提琴上漆的問題……這些生活點滴想必跟幾百萬美金的天價一點關係也沒有。

不過我相信我想像的場景裡嵌入了我對花蓮的一些記憶。多年以前，方明跟淑卿還沒移民貝里斯時，一個夏天傍晚他夫妻倆來找我。方明當時熱衷攝影（隔年他也果眞憑著不錯的攝影技術和人高馬大的身材，在台北的報社裡找到一席攝影記者的職位），那天來找我無非就是要我看看他那陣子拍的一些照片。我開門時，夕陽正好越過隔壁家的閣樓照在兩夫妻臉上，亮晃晃的陽光讓淑卿瞇著眼睛的臉蛋看起來像極了早年《國語日報》上的漫畫人物阿丹。他們大概剛在家洗過澡，脖子上都還抹著一層淡淡的痱子粉。我說進來喝杯茶慢慢看吧。還沒跨過門檻，方明就邊走邊將牛皮紙袋裡的照片拿出，嘴巴唸著：「磯崎那個浪打得太早，要不然右邊那兩頭牛剛好可以……」

我早忘了那傍晚他讓我看了哪些相片，但卻清楚記得兩夫妻脖子上痱子粉的香味，還有陽光底下這兩位花蓮青年的清新模樣。方明後來並沒有成爲攝影家，幾年後他帶著一家老小移民到中美洲的貝里斯。去年我輾轉拿到他在貝里斯開設的工廠做的葡萄酒酒架，心想過那麼久，這人大概不玩攝影了吧。

當年Stradivari去找朱里安尼師傅聊天，大概就跟方明跑來我家串門子一樣地稀鬆平常（史老先生搞不好脖子上也塗了一層淡淡的痱子粉）。但Zukerman腦子裡烙印的是Stradivari的製琴神話，而不是在小鎮吃「美而美」蛋餅的Stradivari。那神話裡頭顯然沉澱、累積了各種夸飾的語言、歷史的幻想、對神聖的期待、關於製琴技藝的精緻論述，乃至於一些商業邏輯裡隱藏的壞心眼。所以當他在史氏的威名底下摸到一團虛無飄渺的空氣時，其驚訝自是可想而知的。

小鎮的居住者會很自然地將這些半空中的懸浮粒子全都屏除在外。生活就是這麼回事，不要立志做大官，也不要立志做大事。立志做大事會讓一個人很辛苦的。在這裡，陽光底下雖然沒什麼新鮮事，但是每天卻可以有許多新生活：像我媽每天一早五點半走路到國民黨花蓮縣黨部門前廣場跳一個多小時的媽媽土風舞，回程時順路在綜合市場買些午晚餐的魚肉蔬菜，到了家泡杯茶打開電視看段日本連續劇，嶄新的一天就這樣有了好的開始。或像美準歐吉桑那個唸花中的孫子阿發，每天清晨六點五十分從中華路迎著朝陽騎腳踏車出發上學，一路上邊曬太陽邊背英文單字邊看路旁低頭走路的女生。每天一樣的道路卻有不一樣的女生。茍日新，日日新，又日新，他阿發每天都要來回走一趟奇妙的發現之旅。即便是我那位一絲不茍地在稅捐稽徵處上班的朋友陳新勇，每天也可以在上班經過林森路時，快快樂樂下車買三個「一元飯店」的煎包和一杯冰豆漿，再回車上邊聽「後山TOP休閒台」主持人「柔柔」的撒嬌聲，邊趁紅燈時咬一口煎包喝一口豆漿，十五分鐘後，再頭好壯壯地走進辦公室上班。這些生活跟康德的散步一樣，天天都在我們的後山花蓮發生。我有時會察覺它的美好，但更多時候是宛如在睡夢中般地渾然不覺。

有個下午我經過中美戲院旁的「紅帽」咖啡屋時，耳邊忽然幽幽傳來西班牙電影《不如歸》裡的歌唱聲。一種帶了點東方風味的南歐旋律。如果沒記錯的話，我大概在四十年前看過這部電影，片中有個小女生，跟我女兒一樣漂亮，也會唱歌也會跳舞。我已經忘了當年在中美戲院看這部片子時，是否曾經喜歡上電影中的那個小姑娘。倒是那旋律之所以會突然鑽進我腦裡，我心想可能是源自某個神祕的召喚，那是什麼？

隨後我在「紅帽」店外邊的椅子坐下來，喝了一杯老闆娘用虹吸式咖啡壺煮的熱咖啡，緩慢地將四周看過一遍。下午四點半，路上已經出現一些揹著書包的學生，有些看似閒晃，有些則低頭趕路回家，跟我年少時的氛圍相差無幾。我當時在學校樂隊裡打鼓，常在節日遊行時經過中美戲院這附近。這裡離我家只幾步路，一回遊行到家門口時，樂隊剛好放空不吹，輪我一人獨打小鼓，我高興得很，把一個小鼓打得漫天響，好比水淹金山寺，誇張到自己都覺得好笑……

這些情景在腦裡繞過一遍之後，我忽然懂了。其實哪有什麼神祕的召喚？一切無非記憶與追溯。像花蓮這種不會讓人想做大事的小鎮，理應不會有什麼高深莫測之物的。稍後我付了五十塊錢離開咖啡店時這麼想著。事情的本質很簡單：多年來我在城裡的街道無所事事地漫步、胡思亂想，許多過去、現在、未來的人與事都因爲這些步履而存在。這其中若有什麼神祕的意義或感覺，恐怕也都是自己任性地將一些素材放入腦裡，所發酵出來的葡萄美酒吧。

但也因此，一個小小的花蓮市即是一個完整的存在。陽光和人影和一些晃動的聲響在其中日夜流動。美準歐吉桑的鐘聲無非是用一種甜蜜的方式，替我將這些零散的聲影像串肉粽般綁在一起，如家人般地伴我老去。除此之外若還有什麼，那就都是我所難以想像的了。

半蹲半站

很多年以前，中華職棒總冠軍獅牛對決的某一場。獅隊高國慶打了一支深遠的右外野安打，王傳家從二壘往本壘跑，飛快的身影踩過三壘壘包時，劃出一道美麗的弧線，貪婪的跑者沒有停，他繼續死命往本壘衝。而打到右外野的那顆球剛被牛隊的張家浩抓起來往回丟，沒有人知道狂奔的球跟狂奔的人哪個會先到達。捕手葉君璋已經準備好接這個球，他一步跨到本壘板前，一邊等球，一邊有意無意地想用身體強佔、阻擾跑者的著陸點，也就是跑者最後可能像神風特攻隊的飛機那樣，直接就俯衝下來的那個地方。

葉君璋半蹲著，三秒鐘前他已經在瞬間掀掉頭部的護盔，大家因此都看到了他反著戴的帽子底下，兩顆滾來滾去的黑眼珠，以及由這兩顆黑眼珠帶領全身器官所顯露出的一種巨大焦慮。他是捕手，這名稱讓人想到捕吏、捕快、捕頭，也就是像警察那一號的人物。

所以葉此時的心情像在追捕十大槍擊要犯。他已經準備好跟跑者撞成一團，這樣的動作可以提高輸贏的慘烈程度，即便輸了球，還是有人會喝采叫好。

話雖如此，但他至少在蹲下來的那片刻不會想到有沒有人叫好的事。說起來那種焦慮難以形容。有一年夏天半夜，阿德古家後面一排房屋起火，我到了他家二樓準備幫忙搬東西時，他媽媽就在我前面昏了過去。我很快從他媽媽柔軟得像棉被的身子上，體會到那種火場裡的焦慮有多麼龐大。而葉堅毅半蹲著的焦慮跟阿德古柔軟的媽媽其實一模一樣。很多人不了解捕手，以爲捕手永遠像個指揮若定的將軍，不知道什麼叫害怕。殊不知這位比賽中唯一不在場內的選手（他大部分的時間都像個消防栓般蹲在本壘板後面，也就是場外五公分的地方），內心的脆弱往往不下於暴風雨中的一張蜘蛛網。

那就讓我們來想想在球還沒有傳進葉君璋的手套前，他心裡跟嘴裡都在碎碎唸一些什麼東西。首先他可能先在心裡罵了一串無聲的粗話，跟外交部長說的ＬＰ屬於同一掛的語言。這是文化問題，是集體潛意識的問題，跟個人教養沒有太多關係。根據榮格的說法，我們的本我其實都被壓在我們之前的歷史底下。也就是說大家有空要想辦法救救我們的本我，否則我之所以爲我是不會有多大意義的。這個說法反證了捕手在緊急狀況下脫口而出的粗話具有一種普遍性與代表性。就像到印尼的商店買東西要講價，許多台灣人在極度焦慮的情況下會跟半蹲的捕手一樣，腦裡有一堆平常未必會講的粗話滾來滾去。

到這裡，我們就可以看出，一個半蹲捕手的形象多麼適合做爲所有焦慮台灣人的原型。就像羅丹的「沉思者」，多年來成功地讓全世界的憂鬱男子沒事就把自己的右手肘放在左膝蓋上。彷彿這麼一擺上去，上帝就會明白你爲何憂鬱，爲誰憂鬱。把一個碎碎唸著粗話的半蹲捕手當作焦慮台灣人的象徵符號，一定會得到許多認同的。

哪些人是焦慮的台灣人？這很多。我們可以從躲避地下錢莊暴力追討的某個落魄男人談起。這個男人在跟人家約定好要還錢的前三小時開始胃痛，他一邊胃痛一邊開始有一些幻想與期待。他幻想突然接到一通電話，電話那一端是一個聲音冷靜的律師，律師告訴他，從小最疼愛他的三叔公上星期因爲肺癌過世了。臨終前三叔公指定把所有的財產全部留給他，扣掉遺產稅之後，他還可以拿到一億三千五百九十七萬六千三百五十二塊錢（民國九十三年時台灣人對錢財的想像，因爲受到樂透的影響，基本上都以億爲單位，也就是說沒有人把一億以下的錢眞當一回事）。這是一個吉祥的數字，除了還清地下錢莊從一百萬迅速變成三百萬的債務之外，他還可以買下十幾棟的千萬豪宅，或者環遊世界八千天。

但這畢竟只是幻想。時間一分一秒過去，眼看著地下錢莊的業務員（多麼樸素、勤奮的名詞！）就將來敲門，這名男子在某個形上意義上也跟葉君璋一樣蹲了下來。除了跟葉同樣歷經了第一階段的粗話演練之外，他很快地也像葉那樣凝視著遠方，不同的是，葉君璋看的是飛過來的球，他看的是當然看不到的鈔票。但兩人的焦慮異曲同工（葉喊：「球！球！球！」他喊：「錢！錢！錢！」在沙漠裡迷路的人則是喊：「水！水！水！」）。都是一種會令人爲之動容的苦瓜一號表情，兩人內心焦慮的純度都是毋庸置疑的。這個落魄的男人可能跟許多台灣人一樣從小看棒球長大，所以他在緊急的時候流露出對棒球動作的模仿，也就不足爲奇了。

會焦慮的人當然不只是欠債的人。我的詩人朋友柯里告訴我，他一天之內焦慮的時間往往比睡覺的時間還多。「你焦慮什麼？」我意思是，你身體健康，不暴飲暴食，一個老婆，兩個小孩，吃飽閒閒寫點詩，有什麼好焦慮的呢？「我的終極關懷……meaning……」他看著西南方的天空喃喃自語，那模樣在剎那間讓我又想到了葉君璋的半蹲。半蹲的男人不會變壞，甚至會變成詩人，是這樣嗎？

我相信柯里常常在半夜被夢中某個一閃即逝的句子驚醒。那句子漂亮得驚心動魄，以一種從來不曾體會過的美感入侵柯里的腦細胞。但問題是，他隨即醒來之後卻也隨即忘了。於是孤獨的柯里在幽暗的臥室中來回踱步，運用各種聯想法（小鳥與A罩杯，麻將與政治，手機與宗教改革，柯林頓與杜斯妥也夫思基，楊乃武與小白菜……），試圖在一片虛無的空氣中把那句子找回來。來回踱了幾趟後，柯里蹲下去了。跟葉君璋以及那個欠債的男人一樣，他在心中對自己高喊了三次愛的鼓勵（詩人在心裡高喊：「yes！yes！yes！」他覺得那神遊化外的句子這樣便會被召喚回來。活脫像招魂，唉！跟眞的一樣！）。就這樣，詩人柯里從此也被納入「半蹲一族」行列，不時以焦慮的半蹲之姿默默地在世界的某個角落進行他永無止境的追求。跟葉以及那位幾乎要被追殺的負債者不同的是，詩人是安靜的，他並沒有大聲嚷嚷他的苦難（我們回過頭看看葉吧。在他那樣姿勢的不遠處，永遠有兩堆瘋狂嘶吼的啦啦隊互相叫囂，葉在場內的高喊聲與他們相互呼應，而造成一種集體亢奮），這使得他的半蹲無端又添加了一絲令人感傷的懲罰意味。哎，詩人。

當然我們不可能不提到焦慮的情人。說起來，愛的焦慮也許是各種不同焦慮的老祖嬤。它基本邏輯是這樣子的：我們因爲有了愛（愛一個女人，愛一隻米格魯，愛存款簿裡一大串的數字），才會焦慮失去所愛的東西。老子不也說：「吾所以有大患，爲吾有身。」意思就是說，如果你不在乎你這一身血肉之軀，那就什麼憂患也沒有啦。你不去愛一個女人，怎麼會有機會擔心失去一個女人呢？所以「戀愛爲焦慮之本」這一點是可以確定的。

一個戀愛中的男人（或女人）會有哪些焦慮的姿勢出現呢？在古早以前的魚雁往返時代，辛苦等待對方訊息的可憐紅塵男女最常出現的神情，是兩眼茫然無助地望著大門上的信箱。或把耳朵豎得比兔子還長，全神貫注捕捉門外的任何風吹草動（普通信件的腳踏車聲，限時專送澎澎澎的摩托車聲）。而到了電話已經十分普及的年代，焦慮的的眼光便由室外轉向室內。可憐的他（或她）杵在客廳動也不動，就兩眼跟貓盯著老鼠洞一樣地盯著茶几上悶聲不響的話機。然後在心裡不停喊著：「你響啊！你啞巴啊？你爲什麼不響呢？」一個鐘頭過去，兩個鐘頭過去，三個鐘頭過去，愛人還是杳無音訊，不知道是不是跟人家跑到碧潭散步走街路去了，電話連「哼」一聲都沒。心力交瘁的男主角（或女主角）這時候終於決定走到陽台，縱身躍下，了結這殘破痛苦的一生……

跟當今的手機世代比起來，這種焦慮的氛圍算是相當古典的。現在的手機族改守爲攻，不再乖乖坐家裡等電話，愛人走到哪，他就打到哪，管你在米蘭或上海。但相對可憐的是，當愛人狠心關機或乾脆就換掉ＳＩＭ卡時，那可就像風箏斷了線，任憑你怎麼歇斯底里地吶喊，肯定都是叫天天不應，叫地地不靈，一種絕望茫然的感覺是會如海嘯般排山倒海而來的。

說起來這倒也滿符合當代某種乾淨俐落的極簡風格。說一就不是二，不像以前打不通時的「嘟、嘟、嘟」或沒人接時的「鈴、鈴、鈴」那麼曖昧難分（她是不在呢？還是不接？還是躺在床上跟另一個情人講電話？）。可也就因爲它的形式是這麼絕情，這麼沒有轉圜的想像空間，以致衍生了一些頗具後現代風格的新款暴力形式。我們在報紙上可以看到不少手機運用在暴力上的方法，從最樸素的砸人（不只情侶，連槓上國防部的立法委員也同樣怒氣沖沖地斥罵國防部長：「你沒看過手機砸國防部長嗎？」）到引爆汽車炸彈都可能，這使得情侶分手變成一件越來越危險的事。普天下愛侶該不該爲這樣的情況焦慮呢？

這三個不同階段的焦慮在本質上完全相通，都可以歸結到葉君璋那個半蹲半站的姿勢。問世間情是何物？直教人半蹲半站。每一個戀愛中的男女其實都是葉君璋或詩人柯里的化身。他們都想贏，想贏得球賽，贏得一首詩的感覺，贏得愛人。卻也都因爲有這種難以駕馭的想贏的熱情而痛苦不已。死忠的球迷會對著垂頭喪氣的敗戰球員高喊：「下次再來。」詩人的老婆會把詩人痛哭流涕的頭顱抱進懷裡，安慰他：「沒關係。這首沒寫好，我們明天再寫一首。」而失戀者當年高中的級任導師會告訴他：「哎呀，天涯何處無芳草，何必單戀一枝花？你就當她給車撞死，再找一個不就好了。」

的確，就像一首叫做〈再試一下〉的世界名曲所指出的，我們永遠有機會把我們愚蠢的行爲再重做一遍。但再試一下並不保證你的痛苦焦慮不會再來一次。經驗告訴我們，這葉君璋式的半蹲半站姿勢其實非常的薛西弗斯，它跟吳剛伐桂一樣必須不斷重複。人生有太多機會讓我們在半蹲半站高喊「球！球！球！」之後沒多久，便又把同樣的動作再做一次。這是球員命運的本質，也是潛藏在我們血液裡一個隨時會冒出來的DNA。人生如球賽，每一位棒球選手都知道，九局的比賽是一場多麼漫長的煎熬，往往非到最後一秒不知勝負。這賽事中的起起伏伏恰似人生（你那充滿睿智的父親對你說：「兒子啊，你雖然負債三千萬，但是你現在四十二歲，球賽才打到第五局……」），我們的確可以從中窺探到人類許多窘迫情境的本來面貌。說葉君璋半蹲半站的焦急吶喊是人類一種苦難的象徵，誰曰不宜？

美崙山運動公園

法國的左派知識份子喜歡把跑步這種健身運動看成資本主義氣息濃厚的行徑，看到薩科吉總統穿著短褲，露了一截大腿在塞納河畔跑來跑去，不免要不屑地唸上幾句：「幹嘛用跑的？散步才能思考啊。蘇格拉底沒事就亂跑亂跳的話，成得了哲學家嗎？」蘇格拉底閒閒沒事會不會亂跑亂跳恐難考證，倒是有件事大概可以確定，德國哲學家康德若是以跑步取代了他名聞哲學史的走路，他八成是寫不出《純粹理性批判》那樣子的鉅著的。

散步跟跑步的確是處於兩種心靈狀態。跑步的目的性較強，它比較像把人放進一個計畫好的框架，骨子裡總帶有幾分揮之不去的自強運動氛圍，擺明著就是要來改造人的。當我們看到一個人在跑步時，往往會認為他有計畫、有進度，正企圖把自己改變成一個對社會有用的人：所以他每天沿著明禮國小旁的河堤從市區往海邊跑，時速八公里，一趟三十分鐘，不論單月雙月都風雨無阻，一直跑到消除掉肚腹贅肉二十公斤，連他九十五歲的阿嬤都認不出他為止。

散步就差多了，散步不需要那麼強的意志力，而這正是法國這一幫左派知青愛上散步的原因。他們認定左派比右派有更多的問題需要思考，而思考需要起心動念，需要運轉頭腦，於是近乎無所事事的散步便成了思考時的最佳運動形式。跑步讓人想到企業家，散步讓人想到哲學家，是差滿多的。

美崙山公園有容乃大，每天從早到晚在裡頭上上下下，運動不輟的，還眞是各類人士都有，不是法國左派知青那簡單的二分法所能涵蓋的。它基本上是座山，有山當然有山坡，這起起伏伏的山坡於是就把公園定了一個能屈能伸的調子。也就是運動的步調要快要慢，要重要輕，每個人都可以依照地形設計一條最適合自己的路線。如果一早進了公園之後，發覺因為昨天沒應酬喝酒，整個人神清氣爽，體力充沛得不得了，那不妨仿效登陸硫磺島的美軍陸戰隊直攻山頂，再順便脫下上衣豎面國旗，登美崙山而小花蓮，應該是滿high的。

如果你的養生哲學不能苟同這種激烈而且臭屁的行為，那你也可以用比烏龜稍快一點的速度，從大草坪旁邊的第一個涼亭慢慢晃到第二個涼亭，這兩處相距至少有五十公尺，一個鐘頭內走完都算符合一百歲人瑞的體適能標準。有人就是信仰慢的哲學，活得慢才能死得慢，這其中的道理大家拿長壽的烏龜來想一想，慢慢就會懂了。

在美崙山，一切慢慢來的風格隨處可見，這不稀奇。倒是這慢活一族中有把那慢的哲學發揮到極致因而就不動的，也大有人在。不動的方式有好幾種，其中比較少見，所以比較會引人側目，因此需要比較強勁的意志力來執行的是抱樹。雖說修道的法門千萬種，見怪不怪，但抱樹之姿多少還是與我們對練功一事的刻板印象略有出入，它比較會讓人想到無尾熊。不過一干子在樹旁道路走來走去的凡夫俗子，絲毫不能影響抱樹修行之人不動如山的決心。只見他雙腳跨開與肩同寬，兩臂伸出環繞樹幹，全身（含臉蛋）緊貼樹皮，大家從他背影安靜祥和的模樣，可以判斷他現在正一臉肅穆地在想像天、地、人、樹合而為一的美妙境界。至於那樣的境界是什麼，當然就是他跟樹最清楚了。

第二種在美崙山看得見的不動姿勢也跟樹有關。有人不抱樹，他愛像隻蝙蝠般倒掛在樹枝上，頭下腳上，身體還順著風勢微微擺動。說實話，這模樣跟抱樹比起來算是比較有練功的架勢。但為什麼要倒掛？這動作在宗教上或體育上都是一個受苦受難的動作，沒事幹嘛這樣折騰自己？想來這背後恐怕有濃厚的贖罪意識：他或許覺得這年頭大家豐衣足食，每天三餐都吃得太多又太好，因而罪惡羞恥之感油然而生（天哪！不是說富貴不能淫嗎？我怎麼一頓早餐才眨個眼就吃下一套燒餅油條、一碗鹹豆漿再加兩塊肉餅、三個水煎包……）把身體倒過來掛著，小小吃一下苦，或許可以讓自己心安一些，好歹苦樂之間有點平衡。當然他也可能純是生理考量，這世間萬物很多是一對一對的，有左手就有右手，有上半身就有下半身，那有正就要有反啊，平常正立，有機會就要來個倒立，既然上了美崙山，何妨就把自己倒過來晾在樹枝上，換個角度看藍天，既有新視野，又可讓血液倒流按摩五臟六腑（？），很健康的啊。

還有一種的不動，便是我們常見的盤腿打坐了。這個大家很熟悉的身影出現在美崙山上，倒也頗能增添那裡一點點仙風道骨的氛圍。美崙山是個矮冬瓜，大概只有海拔三十公尺，這種高度離神仙較遠，離我們凡夫俗子較近，整個山頭的感覺自然而然是很世俗的。當大夥正在世俗的公園裡爬上爬下汗流浹背時，赫然發現那高處的某塊大石頭上，正端坐著一位面向山底下花花世界的盤腿大師，剎那間是不是會有來到道教勝地武當山的感覺？

美崙山雖然不高，但從山頂往下看，還是可以把整個花蓮市看得清清楚楚。高度很重要，要有高度才會有視野，才知道哪裡有什麼，哪裡沒什麼。當年阿扁初登大位，阿輝伯帶他爬觀音山，要他體會決策者的孤寂。不過阿扁在山頂體會到的好像不是這個，他似乎因爲那個高度而看到了山下台北城裡金光閃閃的正確位置，從此開啓了隨後八年備受爭議的艱辛歲月。是福是禍呢？小老百姓沒那個高度當然就不會被那些耀眼的金光刺傷眼睛。人家說平淡就是福，還的確是眞的。

那麼在美崙山山頂打坐的人腦裡想些什麼呢？要我是他，大概會這麼想：唉！這鳥不下蛋的後山還眞是漂亮，一條靜靜的美崙溪那麼優雅地蜿蜒入海，大片屋舍在晨曦中自在地呼吸，微風拂面，綠意盎然，人的律動隱隱然就是大自然的律動……啊！閉嘴吧！山前那邊一堆吵鬧不休的政客名嘴們，願媽祖賜給你們智慧，讓你們深深知道，說話是破銅爛鐵，唯有沉默是金。

不過多半的打坐者不會有這種祈禱式的語言出現在腦裡，他們比較可能在一段時間的不思不想之後不小心睡著，一副國家事管他娘的架勢。我希望這在後山花蓮能逐漸形成一個優良傳統，人家說「呷飯皇帝大」，那在美崙山頂修行打坐的人，豈不應該比玉皇大帝還大？

至於在美崙山上四處遊走的人，又可因速度、人數、穿著配備之不同而分成好幾類。自然派、超車派、聊天派、迪斯可派、蹓狗派、同鄉派、進修派，楚留香獨行俠派……等等不一而足。鐘鼎山林，人各有癖，一早上山可得天下各式英才而觀之，確是一樂也。

基本上，在運動公園裡頭走路的人速度不會太快，這可能跟這裡運動者年齡層偏高有關，也因此若有稍微青壯一點，譬如四十好幾那樣年紀的來爬山，當他看到一路上緩慢行走的爺爺奶奶時，便會不知不覺臭屁起來，跨開大步演出一次又一次的超車（人）記了。他在那超越的瞬間會覺得自己正開著一輛大紅法拉利，狠狠地把一輛輛中古台裝車拋到後頭，雖然他表面上看起來一臉安詳，只不過兩頰流了一些汗水，但其實他心裡正耀武揚威地叫囂著，他認爲他就是王，就是狠掃三屆奧運的馬拉松冠軍王。

只不過這花蓮版的阿Q行徑並沒有在步道上引起任何的騷動，每個人還是各走各的，那超車之爽只能放在超車人的心中發酵，一旁的人既無緣分享，也不會受到刺激而與之起舞。大部分的人還是悠閒地走，這甚至無需張眼看，只要豎起耳朵，聽聽周遭此起彼落的說話內容便可以知道：「李老師有沒有邀妳去東北？她兒子在高雄開旅行社，不錯喔，我跟過一次他們的雪梨……」（台灣腔的國語）「退休好！一退休整個人都輕鬆了起來。」（濃郁的山東口音）「這裡感覺不輸給義大利的山城耶！」（有捲舌的國語）「講起來，很多事情就看你有沒有心啦，you know，我們腦袋瓜裡的那個念頭最重要了……」（不時會冒點英語渣的國語）「我媳婦說晚上要陪我去遠東買，她認識一個專櫃小姐，有折扣……」（標準的四縣客家話），等等。

講這一類話的人不可能大步走，他們的心情悠閒得勝過他們頭頂上的白雲，浴乎沂，風乎舞雩，一天簡直就有四十八小時可用。這些「慢走一族」有的是七八個人湊一堆，一路走上或走下幾乎要霸佔整個坡道。有的則是兩人成行，綿綿絮語有說沒有完。也有牽狗上山逼狗運動，或是手推嬰兒車，讓小baby在周歲前就愛死大自然的，各種悠閒法不一而足。但大家因爲這種無壓力運動而享受到的愉悅，卻有志一同全寫在臉上。

當然也有人不以單純走路爲滿足，他四肢擺動的當下，除了空氣之外還要有音樂，而且別的不愛，只愛迪斯可。因此大草原旁邊那塊涼亭前的空地，便每天聚了一堆小姐歐巴桑在那裡扭腰擺臀聞歌起舞，在一些迪斯可版的西洋老歌或伍佰、張惠妹的帶領下，個個青春無敵寫在屁股上，一大早便把無窮的熱情融入芬多精裡，眞是對我們花蓮一大清早的空氣卓有貢獻啊。

在美崙山聽到迪斯可，剎那間有些時空錯亂的感覺。這種源自法國巴黎的強勁節拍音樂民國七十幾年在台北流行時，愛跳舞的舞客可是徹夜不眠地在KISS那樣的舞廳裡頭瘋啊，曾幾何時來到花蓮竟變得那麼健康？當年法國人柯奎林在紐約開了第一家的迪斯可舞廳，是因爲無法忍受紐約夜生活的沉悶，想來這群娘子軍也是受不了在美崙山做陽春運動時的無聊，才有請迪斯可舞曲助陣。她們顯然跟靈修型的運動者不同，這些婆婆媽媽運動時希望像廟會一樣，越熱鬧越好，時間才會咻一下地像老鼠般跑過去。這種愛戀世俗榮華富貴，不甘在天庭寂寞空虛的運動精神，很有效地爲美崙山添加了許多歡樂的色彩。若是沒有了這些亢奮的音樂，我還眞怕美崙山會變得比希臘亞陀斯半島的修道院還無趣。

多來幾次之後，耳朵好一點的朋友會發現這晨間運動歌舞團的音樂變得越來越豐富了，不只西洋老歌滿場飛，漸漸一些國語老歌、台語老歌、日語歌、粵語歌、阿美語歌全都混進來了。其實混進來的還不只是音樂，當我們花蓮特產的阿美舞曲從喇叭響起時，這些小姐歐巴桑很自然就跳出阿美族獨有的擺手和扭腰動作。那身影熟悉得讓人懷疑，這樣的擺動姿態是不是已經進入了花蓮人的DNA，使得每個花蓮人只要聽到這樣的音樂，便會情不自禁地把自己扭得像個阿美皇后？同理，一旦喇叭裡冒出鄧麗君的〈何日君再來〉，一個個愛運動的女人便立刻溫柔婉約了起來，而楚留香的「千山我獨行，不必相送」一響起，眾女人馬上變成眾女俠，舉手投足之間英氣逼人，看起來運動效果十分良好。

這就是愛台灣啦！就是用不同的文化混雜來見證台灣的多元。其實不只歌舞運動這塊，整座美崙山公園進進出出的人就是一個大雜燴，而這恰恰就是花蓮所謂四大族群的縮影。但這樣的分類總有一天會變得沒意思，一方面因爲族群的界線越來越淡，一方面不斷有新移民加入，五十年後的花蓮會變成什麼樣子，沒人說得準的。

可以確定的是，五十年後美崙山一定還在，一定還有許多人每天一大早就上山運動，或快走，或慢走，或抱樹，或跳舞，大概跟現在差不多，不過到時候聽到的音樂跟看到的舞步，可能就要比現在更加怪異好幾倍了。畢竟時代往前走，有些東西不變，但有些東西終究是要被甩到外太空的。

美崙山運動公園

東海岸微物論

3.1415926……

圓周率被有些人拿來當做挑戰人類記憶力極限的試金石，這個跟宇宙一樣無窮無盡的數字，有人硬是可以背誦到小數點後面好幾萬位數。二〇〇五年十一月二十日，陝西西北農林科技大學的研究生呂超，靠著巧克力、咖啡、葡萄糖和尿布的幫忙，花了二十四小時零四分鐘，正確、不間斷地將小數點後面的數字背誦到第67890位，一舉創下新的金氏世界紀錄。

數字自成一個玄妙的世界，不少人相信上帝透過數字，對人類暗示了許多宇宙間的道理。古希臘畢達哥拉斯學派的數論帶有神祕主義色彩（六是靈魂，七是理性，八是愛情……），易經的基本結構關乎幾個數字間的隱喻，而有人在巴哈的音樂裡尋找數的關係，有人探索黃金比例，有人要找出最大的質數，似乎在在都顯示出數的世界是一個豐饒浩瀚的有趣世界。

只是，當超級電腦已經將圓周率計算到小數點後面一百萬兆位，卻還不知伊於胡底時，人類憑著肉身的記憶力勇闖這片無窮宇宙，是不是難免帶了點悲壯的意味？

七八十歲

四叔退休好多年後告訴我，日本人常說，老年的人生才是眞正的人生，他退休幾年下來，完全懂了。這話跟中國人說的「夕陽無限好」意思差不多，大概都是人生責任已盡之後的一種輕鬆感，會有這種感觸的人應該事業都做得不錯。

眞有一天到了七、八十歲，最好就住在一所幼稚園隔壁，每天一早可以看年輕的爸爸媽媽送小孩上學，小朋友有的精神抖擻，有的睡眼惺忪，有的百般不願意上學的樣子，各式各樣，讓人一早看了便想哈哈大笑。

稍晚學校裡邊會陸續傳出孩子們認眞上唱遊課的聲音，說認眞一點也沒錯，比方說唱〈捕魚歌〉，他們不但會大聲唱到臉紅脖子粗，還會賣力、確實地做出划船的動作，嘿喲嘿喲嘿嘿喲，投入程度不輸左營訓練中心的大國手。

這樣每天聽，每天看，便會不知老之已至，忘記每年都不一樣的年齡今年到底是多少，而以爲比這些小朋友只不過多個兩、三歲。

低音貝斯手

如果每晚在東京一家地下二樓的爵士酒吧彈double bass，就可以天天都睡到中午再起床，然後滿臉頹廢地去沖澡，開冰箱弄點食物吃（吐司兩片、蘋果一顆、牛奶一大杯），坐到沙發上看電視，翻一翻雜誌，偶爾電話響，女友或家人來電（「不行哪，買不到票啊！週末看轉播吧。」「跟銀行聯絡過了，態度雖然不是很好，可是答應了……」），便在電話裡跟人家聊聊。還要好幾個鐘頭才上工，所以即便住在千葉或更遠的地方，也不急著出門，七點鐘左右到酒吧即可。晚上四個團員都到齊之後，八點開始第一場，台下有漂亮女生、穿格子西裝的紳士老先生、年輕時好像玩過樂器的中年人，酒吧裡的氣氛越來越熱，越來越對味。八點一場，九點一場，中間休息十來分鐘，結束後，幾個人坐到吧台喝啤酒，喝到有一點感覺時，時間也差不多了，便爬兩層樓梯上去，隨後在東京迷濛的夜色中走路去搭車回家……

有一年在東京的一家爵士酒吧裡曾經有這樣的幻想，並從此滿心期待有一天真的可以這樣日復一日地過一生。

花園

光復街底有個路邊的小花園，看起來主人花了一些心思整理過，裡頭有不同的花、小石頭鋪成的路、綠色草皮、假山和小魚池等等。花有好幾種顏色，放眼望去色彩繽紛，讓人覺得眼睛好像被熱情地招待了一頓大餐，頓時有點感謝的心情。

這一帶其實沒落已久，一些老舊的房舍跟三、四十年前的模樣沒什麼差別，但裡頭的人或者老了或者搬走了，一股寂寥的氣味飄浮在空中，用鼻子嗅聞可得，每次走到這裡，只覺得一切緩慢，慢到就要停止。聲音、氣味、顏色，甚至風，彷彿隨時都要停下來。

再往海邊的方向走去，會有更多荒涼的感覺迎面而來。在人跡少見的路上走著，似乎安靜得連海浪聲都聽到了。這些年花蓮觀光業發達，但觀光客從不遠的中華路逛到這附近的石藝大街之後，都不會再往這裡走，這裡是上了鎖的後院，一年比一年乾澀、暗淡，越來越不能引起任何一個人的注意。

也因此，當路過此地而看到那一座美麗的小花園時，內心湧現一股活潑青春的愉悅感覺，也是再自然不過的事了。

展示

博愛街心心攝影店老闆打赤膊的大張彩色照片擺在門口恐怕有二十年了。這期間博愛街兩端的中華路跟中正路變化都很大：中正路冒出一個鐵道商圈和光南廣場，每逢假日便把花蓮所有的年輕人都兜在那附近，儼然花蓮的西門町。而中華路則是開了一家家的名產店，如鏡子般反應出這些年來台灣人休閒型態的改變。當然，那張照片沒變，它每天關門時都會放進店裡頭休息，天亮開門再拿出來擺在騎樓下。照片裡的老闆當年大概四十歲左右，面帶笑容手拿相機，裸露的上身看起來壯碩白皙，一副很好命的模樣。

老闆應該是很喜歡這張照片，否則不會一擺那麼多年。或者，他想用這張照片固定住自己和路人的記憶，就像大家只會記得崔苔菁唱〈愛神〉的樣子，之後她老了變怎樣，就想不起來了。

老闆這可能的策略對我差一點奏效，因為那天我經過他店門口時，剛好看見老闆就站在那張真人大小的照片旁邊，他一頭白髮的老樣讓我驚覺，原來相片裡的這個好看的人也會老，當然，二十年就這樣咻一聲跑過去了。難怪有幾次走到鐵道商圈附近時，都會被一群黑壓壓的青少年擠到覺得自己誤闖禁區，做了一個老年人不該做的事。

剪刀

二姐常提醒我，哪一把剪刀是剪布的，哪一把才是剪紙的，別搞混了，不能拿剪布的去剪紙。她那時候已經二十歲，我還在幼稚園，有時閒閒沒事會坐在榻榻米房間的矮桌旁看她做衣服。剪布的那一把剪刀看起來特別凝重，幾乎有點神聖，只有媽跟四個姐姐可能碰它，我即便在桌旁坐了一下午，還是碰都不會碰它一下，那把剪刀屬於女性，跟我離得很遠。

剪刀附近大致還會有這些東西：日文的洋裁書、裁剪中的紙樣、畫線用的色粉塊、針插、摺疊起來或打開的布、檯燈、縫紉機、衣櫥、乾淨的窗玻璃和外邊搖晃的綠色樹葉、微淡的香水氣味、門外馬路偶爾經過的車聲。

剪布用的剪刀，這意象在我腦裡構築了一個記憶與想像的女性世界。飽滿、溫暖、安靜，一整年都笑盈盈的……

媽媽送我一支吉他

還有很多人記得蔡咪咪嗎？蔡咪咪跟五花瓣合唱團唱紅〈媽媽送我一支吉他〉時，我差不多也就是她當時那個年紀，十四、五歲，在離她遠遠的東部花蓮唸國中。國二暑假，台灣的七虎少棒敗給了尼加拉瓜的左投巴茲，害得全國幾乎是哭成一團，回想起來，當時的空氣彷彿還滲著一點鹹濕的淚水味。是這樣嗎？記憶中我跑到花崗山的棒球場哼這首歌，不是刻意去那裡唱，而是到了那裡，脫口而出就哼了，「媽媽媽媽呀！送我一支吉他。不要強尼，不要尤瑪，只要我的媽媽，我的好媽媽。」花崗山球場沒比賽時比沙漠還荒涼，那個下午放眼望去不見半個人影，只有蔡咪咪的歌聲在落寞的我的心中迴盪，第二年的比賽出了一個很厲害的許金木，中華隊一路殺進決賽，痛快拿下冠軍，沒多久開學，我就變成一個天天在海邊讀書的高中生了。

夢見大滾球

夢中最怕無端湧出一堆失落的感覺，醒來後但見房間昏暗，四周靜寂，一副要再八個月才會天亮的樣子，然後只能呆坐在床上，讓夢裡的茫然感覺持續攻擊，有時會被逼到不得已起身坐到書桌前讀點快樂的書（某某人的普羅旺斯遊記、某某人的葡萄酒趣談……），才可解除那種可怕的飄浮狀態。

有陣子常夢見一個大滾球，有多大？差不多就是一個地球那麼大。而我就像隻小螞蟻那樣在巨大的球面上爬，聽起來很薛西弗斯，而夢中的感覺也的確如此。反正一切徒然，在那麼大的球面上，一隻螞蟻盡最大力量所移動的距離，有意義嗎？世界那麼大，我們終其一生的努力有意義嗎？可是不爬行嗎？不爬就掉到地獄裡了。

四十歲左右常有這類的夢，有時甚至是地震：超級強烈地震把自己所在的那棟大樓完全給毀了，而我整個人就隨著那摧枯拉朽的力道極速下墜，一個巨大的惡魔在底下等待……

到了五十歲，大概比較了解自己，就不太會做這種夢了。

與那國町

與那國町在花蓮市東北方大約一百一十公里的海面上，屬於沖繩縣，是日本最西的一塊領土，也是花蓮市二十幾年來非常友好的姐妹市，據說天氣好的時候，從島上就可以看到台灣，而從花蓮機場飛到那裡只要半個多小時，比飛到國內有些地方還快。一九九六年台海危機時，中共飛彈的彈著點距離與那國島只有五十公里，把當地居民嚇出一身冷汗，也赫然發現，因爲「地理共業」的關係，他們已經莫名其妙地跟台灣成爲命運共同體了。

二〇〇五年四月五日，與那國町因爲對遠在兩千多公里外的東京的不滿（長期的疏離感加上小泉政府的稅制改革刪減了他們的地方稅收跟漁業補助），悍然通過一份「自立自治宣言」，其中兩點值得我們花蓮人一記：第一，主張與花蓮市發行共同貨幣。第二，主張與花蓮市進行直航。

二〇〇七年五月二十八日「與那國駐花蓮市聯絡辦事處」成立，二〇〇八年七月四日，首班兩岸直航的復興航空班機飛抵與那國町機場。

下一步會是什麼呢？

雙十國慶

以前台灣的社會每年到了十月時喜歡說「光輝的十月」，希望大家都能歡欣鼓舞地迎接這個偉大的月分。我當學生時也的確每年到了十月都很高興，倒不是因為這個月分的偉大而高興，也不是爲了可以放假而高興，而純粹是因爲秋天到了，天氣轉涼了，所以高興得不得了。我怕熱，一熱起來整個人會變得狼狽不堪，大學時又喜歡看電影，還特別愛挑一些陰陰涼涼的歐洲文藝片看，看多了不曉得從哪一天起，竟然除了我們花蓮海岸路那一段（也就是從花女後門到花中後門）有藍色海洋襯底的陽光之外，其他地方的陽光都會讓我一看到就心情煩躁，能躲就躲。正因如此，所以一旦時序到了陰陰涼涼的雙十國慶日，便會不由自主地全身由內到外愉快了起來，這個習性延續至今一點都沒變，完全不受十月是否還是「光輝的十月」影響。

海上

吸食

我站在甲板上告訴憲明：「如果在這裡吹小喇叭，就不會有人罵了。」我說的是兩天前在他家門口吹西卿〈苦海女神龍〉，被一位住在附近的女人臭罵一頓的事。「這裡不會吵到別人。」憲明說。當然不會，這裡什麼都沒有，就一大片藍色和一大片的風。我跟兩百多位學校的同學搭上這艘軍艦，從花蓮港往蘇澳港去，要花一整天完成一趟傲然的海洋巡禮。那是一九七〇年某一個多霧的月分。謝雷正帶著蔡咪咪的「五花瓣合唱團」四處演唱。七虎少棒隊幾天前兵敗威廉波特，傷透全國父老同胞的心肝。史豔文則在〈出埃及記〉的音樂伴襯下日復一日登場。各種不同的空氣每天在島嶼的天空盤旋。台灣這個小小的島被龐大的海洋包圍，天生離海很近，但許多人跟我一樣，喜歡海，卻又不知道那是什麼。軍艦駛離港口後的某一刻，我第一次發現自己正從海上隔著一波又一波搖晃的藍色凝視著平日居住的陸地。那片藍色非常巨大，照康德的說法那叫「壯美」（sublime），讓人又愛又怕的一種美。跟玫瑰花的美不同，跟隔壁阿珠的美也不同。巨大而美麗的藍色海洋儼然是愛與死的結合，讓我歡喜讓我憂。海面的那種空曠，別說小喇叭，來一整團軍樂隊也不會吵人。所有的聲音會像墮入真空般，被大海吸食殆盡。跟死去沒兩樣。

搖擺

人不會像海那樣搖擺，音樂可以。我在甲板上跟憲明說：「我們跑一百公尺是一步一步跑，沒辦法像打定音鼓那樣，把鼓聲滾成連續的轟隆隆一片。」定音鼓滾起來可以把整個音樂抬上去，就像搖晃的海浪可以把船抬上去一樣。串連起來的力量有不可思議的能量。人斷斷續續很有限，沒辦法這樣。人做出來的音樂倒可以。

搖擺不一定是大幅搖擺，輕輕搖晃也很能散發感覺。那天甲板上一堆人全暈了。有人站不穩，有人甚至吐。其實整個海面看起來風平浪靜，那股叫人暈眩的力量來自海底深處，在沒人注意的情況下，它以微晃的形式悄悄穿透船底厚重的鋼板，來到船艙，來到甲板，輕易便讓人投降。

音樂是不是也一樣？搖呀搖地swing，就會有一堆人醉酒似地躺在沙發。樂隊裡吹低音號的阿條後來唸音樂系，畢業之後組了一個爵士樂的big band，那天他也在軍艦上，很多年後我在聊天的時候告訴他：「big band在激動的時候，音樂是用甩的。Duke Ellington跟Count Basie都一樣。用甩的。」什麼叫做用甩的？我跟阿條說，就像那天海浪的搖擺。

大藍

憲明跟我說：「我們對頭頂上跟腳底下的世界都不懂。」腳底下包括海底下，誰知道海底下有什麼！他這些話一定是從物理老師那邊聽來的。物理老師喜歡講一些我們聽不太懂的事情，後來聽說被警備總部約談過幾次，就變得不愛說了。

人類好像對天空的東西比底下的東西感興趣。前一年美國阿波羅十一號硬是登上了月球。而底下呢？底下這一片大藍呢？

我問憲明比較喜歡自己是一隻鳥，還是一條魚？那時候我們搭的軍艦已經準備返航，過不久天色暗下後，大家會回到燈火通明的陸地上，用雙腳走路，用鼻子呼吸，不會是鳥，也不會是魚。

憲明說，當然是魚。魚可以隨波逐流，鳥可是要用力飛，飛得很辛苦。魚一輩子不用上岸，鳥飛一飛就得下來休息。魚比鳥自由。

盧貝松大概也這麼想。他拍了一部《碧海藍天》（*The Big Blue*），宣揚對深海的迷戀。深海裡有什麼？深藍大海的極致是一片寂靜的幽黑，對一些人而言是巨大的誘惑。片中的潛水家雅克說，他在深海的時候，「很難找到讓自己浮上來的理由。」可他不是魚，是人，他只有一個方式能超越自身的存在，融入深深的大藍裡不再浮出，的確，他解開了潛水安全索，往海豚游去……。死了，就自由了。

這些想法讓那次的航行日後在我腦裡留下一絲絲鬼魅的氣氛。我們大概在晚餐的時間回到岸上，吹了一天的海風，只覺得肚子好餓。其實當時覺得回家眞好，一些延伸出來的不一樣的想像與感覺，都是後來老了之後，才自己告訴自己的。

虛實

所以海的味道最複雜，它介於眞實與不眞實之間。那天回到港口後，撲面而來的氣味中雜揉了海風、海水、消褪的陽光、燃油、帶著霉味的纜繩、鐵鏽……等等平日生活裡不常有的感覺。這一切的源頭是海。海的龐大使得它在眞實的身分之中異化出一個不眞實的空間。我跟憲明站在甲板上時應該始終是心存畏懼的，但也許因爲年幼，我們並不眞的那麼害怕，只隱隱然覺得自己渺小到很好笑的地步。就在海浪不停地拍打船舷，許多同學在甲板上暈得東倒西歪的同時，我和他不斷講話，用我們熟悉的話語對抗不可知的海上生涯。否則，要怎麼面對那一路晃動，不知道會將我們載往何方的大船呢？這些是很多年前的事了，有時想起來我甚至懷疑自己是否眞的搭過那一趟軍艦。畢竟海實在太詭異，比鬼還難以捉摸。但這應該是一件很棒的事吧。如果說，這世界因爲鬼的存在而變得更完整，更幸福，那想必也會因爲有了不可測知的大海而變得更豐富，更動人。海在我們的腦海裡虛虛實實地存在，帶給了我們在海上極大的樂趣。

烏影

烏影跟陳立說：「你剛剛睡午覺時，我去了一趟明義國小。」陳立歪著脖子斜眼睨他：「你還記得怎麼走喔？」「那不簡單？過了尼姑庵，聞到臭豆腐味就到了。以前還不只這一味，臭豆腐、枝仔冰、燒酒螺，有時還有虎姑婆炒菜的香辣味。記得吧？」虎姑婆教珠算，常拿著算盤追著要打人，可她誰也跑不贏，陳立有一回犯賤杵著不跑，慘遭虎姑婆用細藤條打得小腿像被蚊子軍團轟炸過。

「你有沒有看到什麼叫你痛哭流涕的東西？」陳立輕輕咬著下唇說話，他缺的那顆門牙常讓他嘴唇發癢，繃緊一點或戴上假牙就沒事。

烏影如波浪般擺動了一下身體。「有啊。我站在操場中央發呆好一陣子。」「你想到什麼？」「我記得這輩子跟人家發生過的最嚴重衝突就在那裡。我用躲避球狠狠丟了黃正隆的屁股，江以秀老師把我叫去罵，罵了一節課。」「他剛轉學進來，你看他不順眼。」

「沒錯。」

這算哪門子衝突？陳立在烏影前面深深嘆了一口氣。他想到他揹起媽媽時的模樣，那一夜霧色深重，他母子二人攜手逃亡。曾連任七屆縣議員夙有媽祖婆之稱的老媽媽，雖然有深沉的腦袋與心機，卻只擁有一具三十八公斤重的軀體，揹在背上輕得只像蓋了一條棉被。前一晚老媽媽在餐桌上邊喝巴吉魯湯，邊用低沉沙啞的嗓音告訴陳立，「他們不是要你垮，」她滿布皺紋的臉孔好像抹過了一絲笑意，媽媽說：「他們是要你死。」

死就死吧，陳立現在倒真的這樣想了。此一時彼一時，別說明義國小那操場，當年他曾經站在好大一片的花崗山操場中央，以縣長身分接受四周阿美族人在豐年祭中的歡呼。那時距離他上任第一天騎了一輛五十CC摩托車到縣府參加就職典禮的新聞僅幾個星期，新官上任三把火，他一把一把往黑暗的角落探，多年後他深刻了解到那煙硝味的背後有多少人影幢幢，但晚了。

「晚了。」陳立跟烏影說。「不晚啊，現在才三點不到。」烏影精神抖擻地拿手臂比劃了幾下，像詠春拳醉拳什麼的，然後說：「等一下去曾記麻糬買幾個花生餡的，他們家花生餡一咬下去，哎哦！那花生粉真如洪水般洶湧而出。」「那就多買幾個吧。」陳立被說得嘴饞，想不管糖尿病吃個夠。烏影回嗆：「我是說你去買。我是你的影子，怎麼買？他賣給空氣嗎？」越說越覺得好笑，烏影當下在陳立耳朵邊就哈哈大笑開來，話越說越無忌憚，說：「就多買幾個吃個痛快吧。就算要死，也不能餓著呀。」陳立點點頭，心情還不錯地回說：「也對。」

這不知道是陳立第幾次想死了，次數多到他自己會忘記想死的感覺。死不死有那麼重要嗎？他問了烏影好幾次這個問題。可憐的烏影不過是他的影子，卻要面對那麼嚴肅的問題。這問題很嚴肅嗎？照法國那位可憐車禍身亡的諾貝爾文學獎得主哲學家卡謬的說法，最嚴肅的哲學問題就是自殺，因爲在這個問題裡，你要判斷你的人生值不值得活下去。

我靠！大哉問。二十幾年前，當四十六歲的前縣長通緝犯陳立跟他的影子和他的媽媽漂蕩在銀色月光下的台灣海峽海面上時，他覺得他這種衰尾道人的人生是衰到連自殺的格都搆不上的。他躺在床上問烏影：「你記得摸黑出海那一晚？」「當然記得。你連站都站不穩，像這樣。」烏影說著說著，全身像一塊布那樣前後呈波浪狀地擺動了起來，擺了幾下後整個身形飄到半空中，還沒死倒先像個鬼。「我媽呢？」「她睡著了。還打鼾哩。說眞的，她比你強。」「比我韌啦。」「比你強韌。」「開玩笑，她當過七屆縣議員，看過多少壞人啊。」「就她不壞。」「就她不壞，她是我媽媽。」烏影冷笑了一聲，身形從半空中落葉似地飄下來。

烏影貼在牆壁上問陳立：「你他媽的是怎麼搞，會搞到這種田地的？」陳立不語。他不語有兩個原因，一是因爲說來話長，二是因爲說再長也沒用，人生就這樣，總是無聲勝有聲。他三十歲當鎮長，四十二歲當縣長，曾經風光得像朵大張豔幟的喇叭花，哎，要說多風光有多風光。

「像這樣。一朵，一朵，又一朵。」烏影用兩個手掌圍出一朵一朵大紅花，然後兩手一垂，像個洩了氣的充氣娃娃般從牆壁上頹然滑落，眼神呆滯看著陳立，喃喃自語說：「一切的一切還不都是爲了那個可惱的興隆里運動場。」陳立閉上眼睛，不想看見這個討厭的烏影，當然，更不想聽到他提到那段往事，過了午夜十二點就要去死了，提那些幹嘛？

「那些可惡的議員！」烏影忽然大叫一聲，身子像裝了彈簧似地迸到天花板上，一下子變成俯瞰陳立的角度，好像押著人家要把話講清楚的態勢。「你就是沒辦法去巴結他們的囊巴啦。你是縣長。縣長老幾？美國總統也不過一顆子彈就打掉了，你不搞清楚黑松仔他們家的土地是往哪一邊買，興隆里？我呸！」

「你給我下來。」陳立平靜地跟烏影說。烏影的話讓他回想到二十幾年前，黑松仔被移送外島管訓回來之後，對記者說話時的模樣。黑松仔冷冷、淡淡地面對鏡頭笑著說：「君子報仇三年不晚，喔，不對，三十年也不晚。」那張照片刊在發行兩萬份的地方報上，讓第二天每一個在美而美吃早餐的市民都看得大呼有趣。陳立當時心頭微震，他知道相片裡的那雙眼睛正對著他和平街老家的方向看。陳立不是怕，是很不爽。

俱往矣。一切都過去了，也都可以放下了。「人生的道路自有軌跡。」烏影從天花板飄下來後，翹著二郎腿坐在書桌邊氣定神閒地說。陳立笑笑，誰說人是生而自由的？自由只是一種幻想啦。人其實是天生被一拖拉庫莫名其妙的事情綁架的可憐動物。他想到他被通緝搞失蹤的那段日子，有多少奪命的繩索在半空中飛來飛去搜尋他的影蹤。愛他的人找他，恨他的人也找他，無冤無仇不愛他也不恨他的警察也奉某個命令在找他。

「記得那次騎摩托車在化道路遇到臨檢？」烏影一副要哈哈大笑的模樣，似乎在回憶一件快樂的事。他當時可沒那麼輕鬆，那當下只想，好啦，認栽吧，牢裡蹲個三五年，就當入少林寺出家苦行，不是說君子報仇三十年都不晚嗎？總還有機會的。沒想他才把全罩式安全帽掀開，年輕的員警一看是他，竟說：「沒事。」揮揮手便要他走。「你第二天才想起他是誰。」「很久很久以前的一個學生。」「你曾經好幾次買了便當悄悄拿給他。」「那時大學剛畢業。」「悲天憫人。」「愛全人類。」「愛全人類卻不能愛你的鄰居。」

「誰叫他要亂丟垃圾？……喂！說到哪裡去了？」

明天清晨六點陳立會準時到達萬山大樓的頂樓陽台，那裡可以遠眺一整片的中央山脈，有時還會看見成群的白鷺鷥飛過。哎，還真是一個哪都不輸的好地方啊。「不過我什麼都沒了。」他瞪著烏影：「我只剩下你這黑麻麻的影子。好地方對我的意義是什麼呢？」「你在故它在，你不在它就不在。看你啦。」「你在繞口令嗎？」「啊，你說對了，人生往往就是一堆繞來繞去的口令。」「大同小異！」「大同小異！」「似是而非！」「似是而非！」「毫無意義！」「毫無……我可沒這麼說，想跳樓的是你，不是我。其實我覺得人生還滿好玩的。」「你他媽的又不是人。」「不是人的人生才有趣啊。」

突然手機震動，拉丁音樂隨著大聲響起，烏影聞樂起舞，身子前後左右晃呀晃地跳起森巴。陳立探頭往書桌看了一眼。嘴巴小聲咕嚕了一句：「她找我幹嘛？」「喔，是她啊？」烏影飄在半空中高舉著雙手像個舞孃似地扭動，他眼力好，遠遠可以看到手機上的來電顯示，上頭寫了「珠珠」兩字。

拉丁音樂響了半晌。「接啊。幹嘛不接？」烏影說。陳立在音樂停止前一秒接了起來。還沒說話，先聽到一陣哭聲。「哇！詐騙電話。」烏影下意識反應大叫。「去你的詐騙電話！死烏影！爛烏影！臭烏影！你閉嘴！嗚……阿立！我的圓仔花不見了……你當過縣長比較會找東西，拜託幫我找找啦。嗚……」一個聲帶上爬滿了淚珠的女人在另一端怒吼加哭訴。

烏影在半空中聽不下去。「什麼跟什麼啊？縣長跟找狗有啥關係哪？」他一臉不屑地落到地上，耳朵湊到手機旁想聽清楚她說什麼。陳立揮揮手要他閃遠一點，然後滿臉無奈地對著手機的那一端說：「你的圓仔花不是整天都在妳懷裡嗎？怎麼會丟呢？」陳立竭盡所能地按捺下不斷從小腹竄昇的煩躁情緒，跟他講話的是珠珠，一個在他倒霉倒到烏魯木齊時，還留在他身邊的一個中年熟女，單憑這點，陳立就必須對她心肝寶貝圓仔花的命運寄予高度關懷。

「我洗澡忘了關門……」珠珠說。烏影聽了大笑：「哈！洗澡沒關門。」珠珠在電話那端沒聽到這句，只顧著跟陳立說：「我是說沒關我們家後門啦。你知道圓仔花很厲害的，她前幾天才因爲自己開冰箱找東西吃被我罰站，後面那個紗門根本擋不住她啊。」「不要急，她那麼厲害就自己會回來。」「就是沒有啊！已經一天了……一定被壞人抓走了啦！」

這該怎麼辦好？珠珠對陳立恩重如山，如果對她的生命共同體圓仔花不聞不問，那他明天的樓怎麼跳得下去呢？三天前，陳立好不容易下定決心，買了太魯閣號車票回花蓮故鄉，準備用生命對他這一輩子的恩恩怨怨做一個總結。「哎喲！幹嘛那麼咬文嚼字啊！不就是一死了之的意思嗎？」烏影嗆陳立。「你不說話沒有人會當你啞巴。」陳立用手掌摀住手機，瞪著烏影斥回去。

「妳不要哭。哭只會讓妳增加魚尾紋，看起來像五十幾歲。」陳立語帶恐嚇說。珠珠一聽到五十幾歲果然就不哭了，只拖了一兩聲淡淡的抽搐尾音。「來，我們兵分三路。首先，妳去找里長，綽號林旺那個里長。」「哎喲！你到底在哪裡啦？誰知道誰是里長？你快點回來啦。」珠珠一聽到陳立的指示立刻又軟弱地哀號了起來。

這時一個聲音幽幽在耳邊浮起：「不要忘了你明天一早就要跳樓。還管這些有的沒有的做什麼？」陳立原本因爲煩躁而閉起的雙眼一聽馬上又睜了開來，一個碩大的鼻子正抵在他眼前。他媽的！這如影隨形的烏影。陳立沒理他，繼續抓著手機告訴珠珠：「妳去巷口那家自助餐問一下老闆娘就知道。里長人很好，上次我喝醉酒回家，他還拿了一顆軟芭樂給我。他什麼都知道，誰家的阿貓阿狗在做什麼他通通知道。」

珠珠的啜泣聲斷斷續續從手機中傳出。烏影坐在床沿裝出「好可憐喔」的哭喪臉模樣。陳立瞥了一眼，接著說：「妳跟里長說圓仔花搞丟了。」「跟他說圓仔花也是里民啊。」烏影插嘴提醒。「對。圓仔花也是里民啊。妳就跟里長這樣說。」烏影把嘴巴湊到陳立腮幫子旁接著說：「他可以用喇叭廣播：圓仔花！圓仔花！聽到後趕快回家。聽到後趕快回家。妳阿嬤爲了妳一天不吃不喝已經瘦了八公斤，現在只剩下八十八公斤了……」

「閉嘴！」陳立罵了一句，同時伸手往烏影身子攔腰一揮，烏影來不及閃，讓陳立手臂硬生生穿過他的腰部，很像電影《第六感生死戀》的畫面。

「然後妳趕快去找出圓仔花最可愛的一張照片。」「她每一張照片都嘛那麼可愛！」「最嘛。最可愛的。去印三千張。每一張看起來都像是會唱歌的樣子……」「莫莫塔洛桑。莫莫塔洛桑。」烏影唱起了〈桃太郎〉。這兒歌有點讓陳立想起了童年。人都有童年，是吧？陳立的童年常在媽媽家庭宴客的餐桌桌腳間鑽來鑽去。他聽到許多大人的划拳吆喝聲，看到桌下好多男男女女擺動的腳，台語混雜日語，煙味滲透在菜香和酒香間，大人的世界是一個宛如天堂或地獄般遙遠的世界。

陳立上次哼這首歌是在小莊的車上。

小莊開車帶他去見一個住在海邊的船長。船長會幫他備好一艘船，他要像隻鯨豚，藉著深藍的大海遠離這令人窒悶的小島。此處不留爺，自有留爺處。天下之大，豈無容身之處？

車子經過一個下坡轉彎時，一輛警車迎面而來，雙雙緊急煞車之下，兩車相距不到一公分。開車的員警下來查看車頭，陳立倒抽了好幾口氣，不知不覺中竟哼起了「莫莫塔洛桑」。小莊搖下車窗跟警察五四三時，陳立坐在車上一直抿著嘴唇哼這首歌。桃太郎！桃太郎！給我一個繫在你腰上的飯團。去啊！去啊！現在就一起去討伐惡魔吧！他把這兩句反覆哼了好多次，時間過得好慢，警察的身影如惡魔般不停地在車門邊晃動。陳立戴著一頂壓得低低的棒球帽，兩眼沒有焦點地看著窗外，他看見我了嗎？他認得出是我嗎？小莊跟員警說：「哎……這個轉彎……不好意思啦……下次……這海實在……人多……」說的話像玻璃碎片般從天空散落，砸得渾身刺痛。

好一陣子後，警察回到車上把車子開走，陳立聽到噗一記踩下油門的聲音時，差一點忍不住掉下眼淚。「又想到那段情何以堪的日子了。」烏影說。陳立苦笑，奮力集中精神，把心思拉回到手機上。

他繼續跟珠珠說：「把三千張照片全部像天女散花一樣發出去。」這句話講得太急變成「像天女散『發』那樣『花』出去」，烏影在一旁噗嗤噗嗤狀甚猥褻地笑。「有用嗎？」珠珠問。說完忍不住再問：「你到底在哪裡啦？怎麼說出門買菸就這樣不見了？」陳立可以想像得到，胖胖的珠珠這時正沮喪地把右手的五根指頭插入紛飛如雲的一頭亂髮當中，哭到紅腫的眼睛因爲拿下隱形眼鏡已看不清楚屋子裡的細節。如果陳立這時突然回家，她可能會誤以爲是闖空門的歹徒而隨手擲出一把大剪刀。但這將永遠不會發生，昨天陳立跟她說要出門買包菸時，其實已經暗示自己即將如煙一般煙消雲散。當他從萬山大樓頂樓縱身一躍的那一瞬間，世界會是平的，宇宙會是扁的，也就是說一切都會歸零啦。他陳立下台一鞠躬，莎喲娜啦再見！kiss me goodbye！下輩子有空擱再來。他留了一封遺書放在珠珠擺蜜斯佛陀的抽屜裡，她看到時可能淚已流乾。哎！胖珠珠再怎麼曾經愛過陳立，恐怕也只會看一看，哭一哭，阿彌陀佛揉成一團丟到垃圾桶了事。人生！多麼可以這樣也可以那樣的海海人生啊！

「我昨天碰到阿貓，記得嗎？小學同學阿貓，以前在中華市場賣豬肉那個。」「你阿貓阿狗的朋友那麼多，你自己都記不得了，我怎麼會記得？」「他臨時邀我回花蓮。」「吃撐了。」「也對。我們先去吃了一頓海鮮，喝了六瓶台啤金牌，然後他就毫不保留，無法控制地想念故鄉，想念他媽媽，就硬把我拉回花蓮。」

烏影一跳跳到窗戶上，對陳立說：「你們小兩口慢慢聊，我出去走走。」說完朝窗外半空中走去，彷彿呂洞賓就要返回天庭似的。陳立沒理他，他對著手機把任務交待完：「妳把圓仔花那三千張印出來的照片，一半拿去夾報，一半拿去貼電線桿。」「不行啦，環保局會開罰單啦。」「環保局重要還是圓仔花重要？」「圓仔花重要。」「那就好。然後妳去買一百個小布丁，放在圓仔花最常去的地方，她不是最喜歡布丁嗎？我就不信她聞到了不會抓狂。」「如果沒聞到呢？」「活著就聞得到。」陳立這話不說還好，一說珠珠立刻驚呼：「那她，那她，她、她、她、她、她、她、她一定死了。」隨後放聲大哭，震天哭聲直達天庭，把出走的烏影又給喚了回來。

烏影跟陳立說：「你的人生是不是又起了變化？」陳立嘆了一口氣：「可不？好像想死也死不了耶。」「有人來插隊。我看珠珠現在比你更想死。要不然讓她先好了。」「也不是不行……喂！什麼話嘛。」烏影嘴角斜勾笑著：「死或不死，還眞是個問題。」

這話把陳立又打回到當年回台投案關入牢裡的記憶，那時倒不想死，只希望不要被關瘋了出去。「你瘋我也跟著瘋。」這算黑色幽默嗎？既恐怖又好笑的。瘋著出去就一輩子撿角。不值得啦！沒天理啦！「又不是殺人放火。不過就是貪污。」「放屁！我貪了什麼污？」陳立激動起來。烏影手一攤：「別激動。哪個當官的不貪污？誰家的煙囪不冒煙啊？」「人家是人家。我是我。」

那時裡邊許多人認識他，有一些會跟他打招呼。一回在小禮堂聽一位很有愛心的女作家演講，有個坐在他右邊，手臂跟小腿肚都刺龍刺獅的阿尼基，靠過身來像要報明牌般地告訴他保持性能力的方法。提肛、縮腹、吸氣、吐氣……，小小空間隨時可練。「我看你年輕，出去後日子還很長，這種事情不練習會退步，有一天就變不會，老婆全跑光光。」大哥說。

「我看你夢中也在練。」烏影調侃陳立。這倒是眞的。橫豎進了監獄就是不斷被剝奪，渾身上下不管有形無形通通被扒得光溜溜，連名字都不給用，只剩一個號碼。想方設法就是要羞辱受刑人，讓每個受刑人都覺得自己很賤。若能用這種卑微的提肛健身法保全人之大慾的元神，也不失爲一種有意義的反抗。

烏影一眼看穿陳立腦裡想什麼。「喲！還反抗哩。過那種豬狗不如的日子，是反抗了誰啊？」陳立一聽，立刻將這輩子所遭受的羞辱跟珠珠的圓仔花相比了起來。圓仔花多好命，珠珠對她日也惜，暝也惜，框金又包銀，才丟掉一天，也就是說才一天不見，已經如喪考妣，活都不想活了。他陳立這輩子可曾有人這樣疼愛過呢？

「妳這樣哭，要我怎麼講話？」陳立開始覺得有點厭煩。我這輩子都快結束了，爲什麼還不能讓我清心一些？「圓仔花？圓仔花有那麼重要嗎？」陳立憋了好久，終於勇敢地講出心裡的話。「就算死了，再去買一隻不就有了嗎？我在西瓜大王隔壁那家寵物店就看過一隻小號的圓仔花，一模一樣，搞不好是圓仔花在外面跟人家生的。」「……」電話那端沒聲音。「喂！喂！」陳立呼叫珠珠。「……」還是沒聲音。傷心欲絕的珠珠陷入不尋常的沉默之中。半晌，聽到一聲悶悶的喀聲，珠珠掛斷電話了。

陳立跟烏影對看了一眼，再打過去已經關機。這什麼意思？表示珠珠從陳立回應的口氣確定他不會因爲這件事回去，他在花蓮還有更重要的事要做。找圓仔花要靠自己，妳無法期待一個雖然當過縣長，但終其一生卻可謂敗得一塌糊塗的男人，在這節骨眼能幫得上妳任何一丁點兒的忙。

一切按照原定計畫。明天清晨六點，曙光初現，他陳立與跟隨他一輩子的影子：烏影先生，在跟遠方飛過山腰的白鷺鷥說過哈囉後，便要主動地、毫不眷戀地從萬年大樓頂樓躍下，爲這被迫不停流逝的一生圈下句點。希望墜落的那一瞬間下面淨空，不要像以前新聞報導過的那件意外，跳樓的沒死卻壓死一個賣燒肉粽的。他不要事情變得那麼荒謬，他這一生已經夠荒謬，如果是那樣找死而沒死成，豈不荒謬到連他死了都會覺得不好意思。

這次返鄉跳樓其實有完善計畫。該交待的都交待了。「是吧？」陳立問烏影。「你這回做得不錯。」烏影讚許有加：「比你這輩子做過的事都要好。不像當縣長當到被關，做生意做到賠了一億，一億耶！你們這些偉人爲什麼都億來億去的，不會玩小一點的嗎？」講到重點啦，這一億是壓死陳立的最後一公噸蘆葦。問世間錢爲何物，直教人生死相許。

唉！錢這玩意兒眞他媽的不是好東西。

「你又不是不知道我被坑了。」陳立講得心有未甘。「就你會被坑。別人怎麼就不會？人家賣泡麵賺大錢，賣仙貝賺大錢，開血汗工廠更是賺大錢。你就特別倒霉。」「害我的那些人特別壞。」「其實你能活著回來算不錯了。歷史上有多少人客死異鄉，飄泊的靈魂找不到回家的路。」「不要把我講得那麼幸福，我現在快被珠珠煩死了。我有個感覺，這兩天我恐怕死不了了。」烏影聽到這話一驚，咻一聲噴到天花板上貼著，臉朝下瞪著一雙大眼睛看陳立，說：「你這一輩子好不容易有一件完全自主的事，怎麼可以輕言放棄呢？」「誰放棄了？我是怕被珠珠煩到死不了。」「她知道你要去死嗎？」「唉！這個粗枝大葉的女人大概還沒察覺出來。」

陳立一說便覺得悵然若失。如果身邊最親近的女人對他的死亡念頭毫無所悉，那要不就是證明他們兩個僅是酒肉之交，要不就是證明他這趟返鄉死亡之旅毫無意義，使得親密如珠珠也嗅不出任何味道，感覺不到任何氛圍。死有重於泰山，輕於鴻毛，看樣子是要白死一場了。

「我看你還是關心一下珠珠吧。」烏影若有所思地說。「圓仔花如果眞有個三長兩短，我看她搞不好眞的比你早去死。」「在比賽嗎？」陳立冷冷地回應了烏影的擔憂。

天下事都可大可小，偉大乎卑微乎只在一念之間。圓仔花比上帝重要，拳頭比正義重要。這個世界肖肖肖，肖得非常屌屌屌。大家都重要，就我陳立不重要。當一個胖子從十樓墜下，他除了變成一個死胖子之外，什麼都不會改變。不要問我從哪裡來，也不要問我往哪裡去。「我是眞的對這世界已不抱任何希望，用比較文藝腔一點的說法，叫做已經毫無眷戀。」陳立看著烏影說。「可是媽祖覺得你塵緣未了，還有重要的事要做。」「什麼事？」「找圓仔花呀。你剛剛不才跟珠珠講了半天。」「可是她掛我電話啊。」「她會再打……」

烏影話還沒講完，手機響了起來。「打來了。」烏影說。陳立瞥了一下，拿起手機往耳邊貼：「妳嘛卡差不多！電話講到美國去了。」「我剛剛看到圓仔花從我們家窗戶外面跑過去。」「結果哩？」「沒結果。跟你說的一樣，小一號的。」「妳跑去追？」「對啊，還摔了一跤。手掌都烏青了。」「哎喲！年紀大了最怕摔。上次妳在國泰診所的骨質疏鬆測試不是說妳八十多歲了嗎？」烏影在半空中聽了大笑。陳立頭偏過去看了他一眼，隔那麼遠也聽得到啊？你這無所不在，無所不知的烏影。珠珠回嗆，順便頒發哀的美敦書：「你才兩百歲哩。我告訴你，你今天晚上最好給我回來，要不然我也不回來了。」「跟妳說我有重要事要辦。妳怎麼這樣？」「有什麼重要事？都喝酒喝到花蓮去了！喝酒皇帝大嗎？」烏影落下來坐在窗邊說：「錯！喝酒比皇帝大。」

不怕死最大啦。陳立突然覺得有點愉快了起來。這一切很惱人是吧？既要每天面對這輩子累積的挫折感、羞辱感，又要辛苦掙錢塡飽幾個賴著你不走的肚子，這時刻還要幫忙找一隻看起來就像白癡的波士頓犬圓仔花。可是沒關係，不是明天一早就要死了嗎？死了就一了百了，我們一切的仇恨、焦慮、痛苦、懊悔、厭煩、不安、不捨、不堪、不舒服、不滿足、不甘願、不得不，哇！怎麼那麼多！都是以活著爲前提。一旦沒活著，也就是死了，「廢話！」陳立聽到烏影咕嚕了一聲。一旦死了，這些東西就通通不成立了。

這比當縣長還大，比皇帝老子、天地宇宙都大，「這叫做否定的美學。」烏影不曉得爲什麼龍心大悅，忽然發出有希臘哲學高度的言論。陳立沒看烏影，只說：「哲學家嗎？莎士比亞說，臭屁的人有福了。」「你在說什麼？」珠珠一頭霧水地問。陳立這才想到此時還在跟她講圓仔花，圓仔花不找回來，珠珠會做出怎樣的事他不敢說。

圓仔花的確比他重要多了。那一年他揹著媽媽穿越台灣海峽時，如果一個大浪打來，他跟親愛的母親將無聲無息地永遠消失在黑暗的大海中，而成爲一些人心中永遠的問號或驚嘆號，然後日漸模糊、遺忘，終至無影無蹤。有人會像珠珠柔腸寸斷呼喊圓仔花那樣地呼喊他嗎？他的政敵會拍手叫好，他的支持者會另覓領導，地球會繼續運轉，所有的貓都會繼續閒閒沒事幹就抓老鼠。他曾經存在的這件事會比不曾存在更難堪。唉！這樣一比較起來，明天一早的跳樓就顯得有尊嚴多了。

「我明天一早買到車票就回去。」陳立爲了安撫珠珠撒了一個謊。烏影在一旁聽了冷冷說：「你死掉後的靈魂可以搭任何一班自強號回去。我靠！明天回去？在練肖話喔？你不想死了嗎？」珠珠倒有不同解讀：「你根本隨便講講。北迴鐵路的票那麼難買，鐵路局都嘛欺負你們花蓮人，明天週末耶！你怎麼回來？你根本不會回來，不會回來，不會回來，不會回來了啦……哇……哇……」隨後悲從中來，放聲大哭，搞得陳立跟烏影心神大亂，面面相覷。

陳立問烏影：「她現在到底要怎樣？」烏影下巴微微往上點了兩下，示意陳立掛斷電話。陳立繼續聆聽哭聲半晌，才瀟灑按下按鍵，將失控的珠珠擋在山的那一邊，然後把烏黑晶亮的手機往棉被上一丟：「不理她了。要死就死得乾脆點。」來賓掌聲鼓勵，烏影在一旁爲陳立喝采叫好。

事情到此已屆尾聲。陳立跟烏影說想去7-11買幾罐啤酒，再過幾個小時，他的靈魂就會帶著淡淡的麥香飄浮在東海岸的天空，那時他可能已經與烏影合而爲一，不過零加零還是零，兩人合體並不影響他永恆而輕盈的飛行。他眼看著，就要，眞正地，解放了。

可是天有不測風雲，人有旦夕禍福。幾個鐘頭後，一通電話破壞了這一切。那是陳立喝完了三罐海尼根，正趴在床上呼呼大睡，準備養足精神在清晨六點跳樓時的事。手機的拉丁音樂在一片寂靜中突然乒乒乓乓，鼓聲大作，烏影先彈了起來，他又再一次瞬間噴到天花板貼著，臉朝下幽幽說了一句：「夜半電話準沒好事！」隨後陳立也醒過來，他心頭一驚抓起手機看，一個不認識的號碼在視窗上亮著。

「陳立先生嗎？」電話那頭一個年輕男子的聲音。「我是。」「陳先生，我這裡是新北市湖山派出所，」烏影一聽派出所，當下脫口而出：「完了。」陳立強作鎮靜，低聲問：「什麼事嗎？」「我轄區裡剛剛發生一件車禍，一個女子跑步過馬路追她的小狗，不幸被車撞到，恐怕不太樂觀。她身上沒帶證件，但手機上有你的號碼……」「天哪！」陳立抱頭驚呼。烏影嘆口氣：「全都亂了套了。」說完咻一聲鑽進陳立身子裡，讓陳立雖然打開桌燈，卻連個影子也看不見。

他當下等不及，叫了一輛計程車便往台北去，天還沒亮，夜色迷濛中車子經過萬山大樓，只見黑麻麻的一個巨大身影矗立在鬧區街頭。他原本應該在稍後從這裡墜下，解脫後的靈魂再從這裡飛起。不過看起來天亮之前是趕不回來了，死這件事，或許就讓珠珠先來吧。

後記

花蓮市公所最近在整治自由街的排水溝，計畫把花蓮市打造成一個有條小河穿過的美麗小鎮。這想法其實在許多花蓮市民的腦海中飄浮已久，不過因爲卡到溝上人家的搬遷問題，一拖便拖了數十年。這兩天從施工圍籬旁的小路走過，在縫隙中看見裡頭大興土木的模樣，心想，花蓮市區以後眞會有一條美麗的河了？

小時候從我就讀的明義國小往現在正在整治的溝仔尾那邊走去，有一家中美戲院是當年的娛樂中心。過年的時候，一堆小孩帶著玩具手槍進去看戲，當電影演到吃癟的好人逆轉情勢撂倒壞蛋時，電影院裡會爆出一陣槍聲和歡呼聲，熱鬧非常。

這些年來，這一帶的面貌改變甚多，從早期社區聚落的氛圍，慢慢變成遊客如織、越來越文創的觀光景點。物換星移，滄海桑田，能變的大概都變了，唯一不變的可能是盤據在我腦裡的某些語言跟句型。多年來，我利用這些東西創造自以爲是的現實，居然成功地在這一片家鄉土地上度過許多愉快的時光。這方式雖然阿Q卻頗有效，這本集子裡的文字大致上就是依這個模式在花蓮所進行的書寫。它既是記錄也是轉化，有思考有描繪，有批判有宣洩，到後來，透過這些文字，我只知道自己心裡發生過什麼，至於外面曾經如何，就變得通通不知道，而且，好像也無所謂了。

九歌文庫 1164

河岸花園了

作者　林宜澐
責任編輯　羅珊珊
創辦人　蔡文甫
發行人　蔡澤玉
出版發行　九歌出版社有限公司
臺北市105八德路3段12巷57弄40號
電話／02-25776564・傳真／02-25789205
郵政劃撥／0112295-1
九歌文學網　www.chiuko.com.tw
印刷　晨捷印製股份有限公司
法律顧問　龍躍天律師・蕭雄淋律師・董安丹律師
初版　2014（民國103）年7月
定價　260元

書號　F1164
ISBN　978-957-444-949-1
（缺頁、破損或裝訂錯誤，請寄回本公司更換）

國家圖書館出版品預行編目(CIP)資料

河岸花園了 / 林宜澐著. -- 初版. --
臺北市：九歌, 民103.07

面； 公分. -- (九歌文庫 ; 1164)

ISBN 978-957-444-949-1(平裝)

857.63 103010954